आकांक्षा पारे काशिव

जन्म : 18 दिसंबर 1976

शिक्षा : जीवविज्ञान में देवी अहिल्या विश्वविद्यालय, इंदौर से स्नातक। वहीं से पत्रकारिता में डिप्लोमा। उत्तराखंड संस्कृत विश्वविद्यालय से पत्रकारिता में स्नातकोत्तर।

पहली ही कहानी *तीन सहेलियाँ तीन प्रेमी* के लिए प्रतिष्ठित 'रमाकांत पुरस्कार'। दस साल से पत्रकारिता में सक्रिय। अनेक पत्र-पत्रिकाओं में कहानी और कविताएँ प्रकाशित। राष्ट्रीय नाट्य विद्यालय के कार्यक्रम श्रुति में एकल पाठ और *पलाश के फूल* का मंचन। *एक टुकड़ा आसमान* शीर्षक से कविताओं की पुस्तिका प्रकाशित।

कुछ कहानियाँ उर्दू, अंग्रेजी और कन्नड में अनूदित।

सम्मान : इंदौर, मध्यप्रदेश में इंदौर प्रेस क्लब एवं प्रभाष जोशी न्यास द्वारा पत्रकारिता सम्मान, इला-त्रिवेणी सम्मान 2011

संडे इंडियन के साहित्यिक अंक में एक सौ ग्यारह लेखिकाओं में स्थान।

जर्मनी के ट्यूबिंगन विश्वविद्यालय के कर्मेन्दु शिशिर शोधागार द्वारा निर्मित साहित्यिक वीडियो पत्रिका *साझा* में कविताएँ शामिल।

सम्प्रति : *आउटलुक* हिंदी में सहायक सम्पादक।

ई-मेल : akpare@gmail.com

तीन सहेलियाँ तीन प्रेमी

आकांक्षा पारे काशिव

राजकमल पेपरबैक्स

राजकमल पेपरबैक्स में
पहला संस्करण : 2013
दूसरा संस्करण : 2019

राजकमल पेपरबैक्स : उत्कृष्ट साहित्य के जनसुलभ संस्करण

राजकमल प्रकाशन प्रा. लि.
1-बी, नेताजी सुभाष मार्ग, दरियागंज
नई दिल्ली-110 002
द्वारा प्रकाशित

शाखाएँ : अशोक राजपथ, साइंस कॉलेज के सामने, पटना-800 006
पहली मंजिल, दरबारी बिल्डिंग, महात्मा गांधी मार्ग, इलाहाबाद-211 001
36 ए, शेक्सपियर सरणी, कोलकाता-700 017

वेबसाइट : www.rajkamalprakashan.com
ई-मेल : info@rajkamalprakashan.com

बी.के. ऑफसेट
नवीन शाहदरा, दिल्ली-110 032
द्वारा मुद्रित

मूल्य : ₹99

TEEN SAHELIYAN TEEN PREMI
Stories by Akansha Pare Kashiv

ISBN : 978-81-267-2426-0

स्त्री की जुझारू दुनिया को समर्पित
जिसे बड़ी और छोटी रिनी जैसी परियां खूबसूरत बना देती हैं

अनुक्रम

पलाश के फूल

पलाश के फूल फिर दहकने लगे हैं। उन्हें देख ऐसा लगता है कि पेड़ सिरों से सुलग उठे हैं। मैं जब भी उन्हें नजर भर देखती हूं मुझे महसूस होता है कि उनके साथ-साथ मेरा मन भी सुलग उठता है। कॉलोनी में लाइन से लगे ऐसे ढेरों पेड़ हैं, जो सिरों से सुलगते हुए भी बिलकुल चुपचाप खड़े रहते हैं। उन्हें देखकर ऐसा लगता है कि वे बहुत सारे अंगारे सिर पर उठाए खड़े हैं। बावजूद इसके पेड़ बिलकुल भी नहीं चिल्लाते। चिल्लाती तो मैं भी नहीं। वरना हर किसी को मालूम नहीं पड़ जाता कि मेरे अंदर भी पिछले चार सालों में कुछ दहक रहा है। जब पलाश फूल जाता है, पतझड़ दस्तक देता है तो मुझे उसकी बहुत याद आती है। उसी की जो हमारे सामने वाली पट्टी में सातवें घर में रहता था। अब वो वहां नहीं रहता। लेकिन उसके मम्मी-पापा अब भी वहां रहते हैं। आंखों पर चश्मा चढ़ाए उसकी मम्मी शाम के धुंधलके में थाली में पता नहीं क्या चुनती रहती हैं? मैं रोज उनके घर के सामने से निकलती हूं पर वो कभी भी मुझे नहीं देखतीं। पता नहीं क्यों? शायद अब तक नाराज हैं मुझसे। पता है जब पलाश में फूल आते हैं, तब पतझड़ भी आता है। कितनी अजीब बात है ना एक तरह पेड़ खाली हो जाते हैं और दूसरी ओर पलाश के पेड़ फूलों से भर जाते हैं। फूल भी ऐसे-वैसे नहीं शोख लाल रंग के। लाल रंग प्रेम का होता है...उसी ने मुझे बताया था। लेकिन अब मुझे पलाश के फूलों से ज्यादा पतझड़ अच्छा लगता है। इस वक्त सारे पेड़ खाली हो जाते हैं, जैसे कोई लुटेरा आकर उन्हें लूट गया हो। हर तरफ पत्ते बिखर जाते हैं। ठूंठ से पेड़ किसी को नहीं भाते। मां को तो बिल्कुल नहीं। लेकिन यह मौसम मुझे अच्छा लगता है, क्योंकि हर गिरनेवाला पत्ता नए पत्ते के लिए जगह जो बना देता है। हर जानेवाला आनेवाले को जिंदगी देकर जाता है। पतझड़ बताता है कि

जिंदगी का एक चक्र पूरा होने के बाद फिर घूम जाता है। खाली पेड़ फिर कोशिश करता है और हरा-भरा हो जाता है। मैं भी ऐसी ही होना चाहती हूं। फिर से हरी-भरी पर...पता नहीं कौन रोक लेता है मुझे। कभी-कभी मुझे उसकी दीदी भी दिख जाती है। उन्हें पतझड़ इसलिए अच्छा लगता था, क्योंकि जब हम कॉलेज से साथ-साथ लौटते थे तब उस सुनसान रास्ते पर पत्ते हमारे कदमों के नीचे चरमराते रहते थे और कुछ ऐसे गिरते जैसे हमारा स्वागत कर रहे हों। अब भी कभी-कभी वे रास्ते में मिल जाती हैं, पर अब सिर्फ देखकर मुस्करा देती हैं। बात नहीं हो पाती हममें। मन करता है, उनसे पूछूं, पलाश...पलाश के फूल बीनने चलेंगी मेरे साथ?

फिर पुए की महकवाला मौसम आ गया है। हर घर से उठती पुए की मीठी महक मुझे अब भी उतनी ही अच्छी लगती है। यह बात अलग है कि अब मैं पुए नहीं खाती। नाराजगी है मुझे किसी से। मैंने तय किया है कि जब तक मुझे कोई मनाएगा नहीं, मैं पुए नहीं खाऊंगी। लेकिन यह बात किसी को नहीं मालूम। क्योंकि रसोई में तो मैं मां का पूरा हाथ बंटाती हूं। पुए के लिए गुड़ घोलती हूं, जब वे गोल-गोल पुए घी की कड़ाही में छोड़ती हैं, तो सोने की रंगत में रंग कर मैं ही उन्हें बाहर निकालती हूं। होली जब भी नजदीक आने लगती है, कितना काम बढ़ जाता है। मां को रसोई में हमेशा मेरा साथ चाहिए। बाबा हैं कि मेरे सिवा किसी के साथ बाजार जाने को तैयार नहीं हैं। और मेरी बड़ी प्यारी दीदी? उनकी तो पूछो मत वह हमेशा नया सलवार-कुर्ता खरीदती है, मेरे साथ जा कर। बिल्कुल सफेद। वह कहती है कि जब सफेद रंग पर रंगीन बौछारें पड़ती हैं, तो कितना अच्छा लगता है। वह खूब मस्ती करती है और शाम तक भूत बन कर लौटती है। नहीं लौटती थी। अब वह ससुराल में है और इतनी मस्ती नहीं करती। बाबा को सिर्फ गुलाल लगाना अच्छा लगता है। पहले जब मैं होली खेलती थी, तब खूब सारे रंग खरीदती थी। वह मुझे कहता था कि टेसू के फूलों से बना रंग इतना पक्का होता है कि कभी नहीं छूटता। पर अब मुझे पता है कि ऐसा कोई रंग नहीं होता, जो कभी न छूटे। अब मुझे समझ में आता है वह डराने के लिए ऐसा कहता था। और मैं थी कि उसकी बातों में आ जाती थी। लेकिन अब मैं उसकी बातों में नहीं आनेवाली। पर अब वह आता नहीं हमारे यहां। किसी के यहां भी नहीं जाता वह। वह यहां रहता ही नहीं, तो मिलेगा कैसे किसी से?

होली को सिर्फ एक हफ्ता रह गया है, इसलिए मुझे उसकी बहुत याद आने लगी है। पहली बार हमारी पहचान होली पर ही हुई थी। उसके पापा नर्मदा प्रोजेक्ट में चीफ इंजीनियर थे और बाबा जूनियर इंजीनियर। उसके पापा वहां ऑफिसर थे फिर भी होली पर वे ही आए थे बाबा से मिलने। उसके पापा को बहुत शौक था होली खेलने का। सबको इकट्ठा कर खूब धमाल मचाते थे। अब तो वे भी होली नहीं खेलते। पहली बार वह होली पर अपने पापा के साथ ढीला निकर पहने आया था। मैं और दीदी खूब हंसे थे, बाबा के पीछे छुप-छुप कर। कुछ दिनों बाद ही एक्जाम थे और वह था कि पूरा दिन रंग में सना घूमता रहा था। वह दीदी की क्लास में पढ़ता था और उस कस्बे के सबसे अच्छे स्कूल में। लेकिन पढ़ने में एकदम बुद्धू। उस साल वह फेल हो गया। मैंने और दीदी ने उसे फेलू-फेलू कहकर खूब चिढ़ाया था। फिर वह मेरी क्लास में आ गया। उसके पापा ने उसे हमारे सरकारी स्कूल में ही भर्ती करा दिया। वह अपनी दीदी से नहीं पढ़ता था, इसलिए अब रोज हमारे घर पढ़ने आता था। मेरी दीदी हम दोनों को एक साथ बैठा कर पढ़ाती थी। बेचारा दीदी के बराबर था, मगर इतनी मार खाई उसने दीदी की कि बस। फिर भी क्या हुआ बारहवीं पास वो भी थर्ड डिवीजन।

मैं कॉलेज जाने लगी और उसने पढ़ाई छोड़ दी। मां उसे पसंद नहीं करती थीं, वो पढ़ता नहीं था इसलिए। मां को गधे बच्चे अच्छे नहीं लगते। फिर भी वह रोज आ जाता था। बड़ी मजेदार बातें करता था। धीरे-धीरे मां उसे प्यार करने लगीं और...और मैं भी। पर मैंने किसी को नहीं बताया, दीदी को भी नहीं सच्ची। ऐसे ही पतझड़ के एक दिन जब न सरदी की ठिठुरन होती है, न गरमियों की झुलस। ऐसे ही एक दिन जब पलाश के फूल मौसम को शर्मीले गालों की तरह लाल कर देते हैं, तब उसने मेरा हाथ पकड़ लिया था। कहा तो बहुत कुछ था उसने मेरे कानों के बिल्कुल करीब आकर पर अब मुझे कुछ भी याद नहीं। उस दिन उसी ने बताया था, मेरे गालों पर भी दो पलाश के फूल हैं। एकदम लाल। वह बचपन से मेरे यहां आया करता था। मैं उससे बहुत लड़ती थी, चिढ़ाती थी। मगर उस दिन के बाद न जाने मुझे क्या हुआ...मैंने उससे लड़ना बन्द कर दिया, बिल्कुल। किसी को पता नहीं चला कि अब मैं उसकी दीदी के साथ कॉलेज से घर लौटने के बजाय एक्सट्रा पीरियड का बहाना क्यों बना देती हूं। किसी को भी पता नहीं चला, शायद मुझे भी नहीं। सरदियों में वह अपनी बांहों में मुझे जकड़े रहता

पता नहीं कितनी देर। बारिश में पुराने डाकघर की टपकती छत के नीचे हम घंटों खड़े रहते, गरमियों में मुझे वह वहां ले जाता, जहां बांध का काम चल रहा होता। फिर अपने हाथ का सहारा देकर वह मुझे नीचे उतारता और हम कहीं सिमटी कहीं बहती नर्मदा के बीच तब तक बैठे रहते जब तक धूप पीली न पड़ जाती। मैं अक्सर आकाश के कोने को उसके साथ सुनहरा होते देखती। लौटते पंछियों को देखकर अपने एक छोटे से घर की कल्पना करती। दिन ऐसे ही बीतते चले गए, मैंने हिसाब नहीं रखा उन दिनों का इसलिए वे रूठ गए और जल्दी बीत गए। इतनी जल्दी कि मेरी दीदी की शादी नजदीक आ गई और मुझे एहसास तक नहीं हुआ। वह भी आया था शादी में। बहुत काम किया उसने दौड़-दौड़ कर। मां तो आज भी कहती है, 'घर का लड़का होता, तो भी इतना काम नहीं करता।' पर उसकी तो आदत ही थी किसी के यहां पर भी जी तोड़कर काम करने की। चाहे किसी का भी काम क्यों न हो। हमारी पूरी कॉलोनी में एक वही है, जिसका कोई दुश्मन नहीं है। बाबा हमेशा मजाक में उससे कहते थे, 'तुम्हें तो कहीं का पीआरओ होना चाहिए।' आज भी सब उसे बहुत प्यार करते हैं। वो यहां नहीं रहता फिर भी सब उसे याद करते हैं, हर दिन। मुझे पता है, मां और बाबा भी उसे याद करते हैं, लेकिन किसी से कुछ कहते नहीं हैं।

सब कहते हैं मैं पागल हूं, कुछ भी बोलती रहती हूं, कहीं भी उठकर चली जाती हूं। मैं किसी को समझा ही नहीं पाती कि मैं पागल नहीं हूं। पहले मैं पास के स्कूल में पढ़ाने जाया करती थी, मगर अब नहीं जाती। मैं जब भी बाहर निकलती हूं सब मुझे अजीब निगाहों से घूरते रहते हैं। मुझे सब पता है, लोग मेरे बारे में क्या कहते हैं। पर मुझे किसी की परवाह नहीं है। बस मैं कभी-कभी यूं ही पुराने डाकघर तक चली जाती हूं। पहले भी तो जाती थी तब कोई कुछ नहीं कहता था। अब सब बातें बनाते हैं। मां उसकी मम्मी को बहुत याद करती हैं, लेकिन हमारी बातचीत बंद है न उनसे, इसलिए आना-जाना नहीं होता। इस बार जब होली आएगी, मैंने सोचा है मैं उसके घर जाऊंगी। मां ही तो कहती हैं, होली के दिन गले मिलकर सारी दुश्मनी खत्म हो जाती है। सारे शिकवे दूर करने का दिन है यह। फिर हममें तो दुश्मनी भी नहीं है, प्यार है खूब सारा प्यार। इस बरस जब होली पूजन होगी, सब उसके आसपास इकट्ठे होंगे और जब उसमें आग लगा दी जाएगी, मैं चीखकर भागूंगी नहीं। मैं खड़ी रहूंगी उसके सामने। जलती लकड़ियों में मुझे

किसी की चिता दिखाई नहीं देगी। मैं अपने आंसुओं से उसे ठंडा कर दूंगी। मैं भूल जाऊंगी चार साल पहले ऐसे ही फागुन के मौसम में आखिरी बार उसे देखा था, जब शाम को होली जलनेवाली थी। वह अकेला लेटा था जमीन पर चुपचाप। अपने पसंदीदा लाल रंग में रंगा, खून से लथपथ।

उसकी मम्मी कहती हैं, वह मेरे लिए टेसू के फूल इकट्ठे करने गया था। मगर मां कहती हैं, ऐसा नहीं था। सब बस झगड़ते ही रहे। किसी ने मुझसे कुछ नहीं पूछा। वह चला गया चुपचाप, मुझसे भी बिना कुछ कहे। उस शाम होली के बजाय उसका शरीर जला। अगले दिन हम सब बिना रंग के सूखे बैठे रहे। तब से उसके और मेरे घर का आंगन बेरंग ही रहता है। लेकिन इस बार मैंने सोचा है, जब सब रंग में सराबोर होंगे, मैं हाथ में गुलाल की पुड़िया लिए उसके दरवाजे पर खड़ी रहूंगी। मुझे पूरा यकीन है, आंटी मुझे भीतर ले जाएंगी और हाथ में पुए की प्लेट पकड़ाकर चुपके से पीछे से आकर मेरे गालों को लाल कर देंगी। मैं उन पर बिगडूंगी और वे हंसते-हंसते पहले ही तरह दोहरी हो जाएंगी। क्या हुआ जो वह यह सब देखने के लिए घर पर नहीं होगा। उसकी तस्वीर तो यह नजारा देखेगी ही और मेरे पुए खाने के चटोरेपन पर हंसेगी भी। जब मैं पानी की बौछार से बचने के लिए आंगन में दौडूंगी, तो वहां उसकी काले रंग की टूटी हुई बाइक भी तो होगी...क्या हुआ जो पलाश नहीं है। मेरे...और उसके पसंदीदा फूल तो हैं...उसका पसंदीदा त्योहार तो है...।

राष्ट्रीय नाट्य विद्यालय के कार्यक्रम श्रुति में मंचित कहानी

जादूगर

"भैया ये पेचकस कैसा दिया?"

"पांच रुपये का।"

"और ये घड़ी का पट्टा?"

"अलग-अलग हैं जी। कुछ बारह के हैं, कोई पंद्रह का है, पचास का भी है, दिखाऊं?"

"नहीं फिलहाल ये हीटर का पिन लगा दो।"

"यहां कब से यहां बैठ रहे हो?"

"जब से भूख महसूस करना शुरू की।"

"भूख तो तुम्हें पैदा होते ही लगी होगी।"

"पता नहीं। तब का याद नहीं। जब से याद है, तब बाप था।"

"अब वो कहां हैं?"

"पता नहीं।"

"मतलब?"

"एक दिन सुबह उठा तो वो घर पर नहीं था। तब से उसकी कोई खबर नहीं है।"

"तुमने यह सब कहां से सीखा?"

"क्या?"

"यही सब, प्लग जोड़ना, हीटर के पिन लगाना...।"

"जरूरत सब सिखा देती है मैडम।"

हां शायद। मैंने सोचा और चल पड़ी। मेरे दफ्तर की बगलवाली सड़क पर नीला प्लास्टिक बिछाए उस पर ढेरों सामान रखे वो लड़का हमेशा लोगों से घिरा रहता था। उसकी खासियत थी कि उसकी जबान और हाथ दोनों एक साथ चलते थे। देख कर ऐसा लगता मानो कोई मशीन है, जिसे इतनी अच्छी तरह सिंक्रोनाइज किया गया है। बल्ब,

प्लग, पेचकस, घड़ी के पट्टे, साबुन, कैंची, वायर, प्लग बोर्ड और ना जाने क्या-क्या उसके सामने करीने से जमा रहता था। नीले प्लास्टिक पर बैठा हुआ वह मुझे अलादीन की तरह लगता था, जो अपने जादुई कालीन पर बैठा हो। मैं जब भी उसके पास गई हूं, उसे हमेशा बतियाते ही पाया है। कभी उदास या गुस्से में नहीं देखा। पर्स की खराब चेन सुधारना हो या ताले की नकली चाबी बनाना वह हर काम में माहिर है। उससे काम कराने वाले अकसर कहा कहते हैं, ''अरे यार तुम तो जादूगर हो।'' बदले में वह हंसता और कहता, ''पुरानी चेन न चलने पर ही तो मेरी जिंदगी चलती है।''

''तुम इतने तालों की चाबी बनाते हो, किसी बड़े ताले की चाबी क्यों नहीं बना लेते?'' कोई चुटकी लेकर पूछता। बदले में वह अपने हाथ दिखाता और कहता, ''जब तक यह दोनों हाथ सलामत हैं, तब तक किसी ताले को बेईमानी से नहीं खोलूंगा। यदि किस्मत में होगा, तो किसी दिन मुझे भी वह ताला मिल जाएगा जिसकी चाबी मैं बना लूंगा।'' यह कहते हुए उसकी छोटी-छोटी भूरी आंखों में चमक आ जाती थी। मैंने उससे एक दिन यूं ही पूछ लिया, ''पहले तुम इतना सामान घर से लाते हो, फिर एक-एक सामान रखते हो और फिर उसे समेटते हो, कितनी परेशानी है दुकान के बारे में क्यों नहीं सोचते।''

''यहां पुराने ग्राहक है ना मैडम। और फिर आसपास इतने दफ्तर हैं, किसी ना किसी को कोई ना कोई काम आ ही पड़ता है। लोग दफ्तर के समय में ही अपना भी काम करना चाहते हैं। आप देखती ही हैं, कितने लोग लंच में टहले हुए यहां आ जाते हैं। इसलिए मैं कहीं और जाने की नहीं सोचता। बिना किराए का इससे अच्छा ठिकाना मुझे कहां मिलेगा।''

एक लंबा अरसा बीत गया। मेरे जीवन में इतनी चीजें बिगड़ गई थीं कि मुझे घर के बिगड़े सामान की सुध ही नहीं रही। जब भी टूटे हुए प्लग को मशक्कत के बाद बोर्ड में लगाती उसकी याद आ जाती। लेकिन व्यस्तता इतनी थी कि चाहकर भी उसके पास जाना नहीं हो पा रहा था। शनिवार समय निकाल कर उसके पास पहुंची, तो वह सामान समेटने की तैयारी कर रहा था। पहली बार मैंने उसे खड़े हुए देखा था। लंबे कद का वह लड़का किसी कंकाल से कम नहीं लग रहा था। मुझे देखते ही मुस्कुराया और बोल पड़ा, ''आप तो यहां का रास्ता ही भूल गईं। आजकल कोई सामान खराब नहीं होता क्या?'' आवाज वहीं थी, लेकिन अंदाज बिल्कुल बदल गया था। कंचे की तरह छोटी आंखे चेहरे

में धंस गई थीं। चेहरे की चमक पर स्याहपन हावी था।

''अरे तुम्हें क्या हो गया। बीमार थे क्या? आज जल्दी क्यों जा रहे हो।''

''बीमार? कौन मैं नहीं तो। मैं तो बिल्कुल ठीक हूं। आज बहन के ससुराल जाना है। आप इतने दिन से आई नहीं, इसलिए बता नहीं पाया। मैंने बहन की शादी ठीक कर दी है। आज उसी के ससुराल टीका लेकर जाना है। दस हजार पर बात बनी है मैडम।''

''दस हजार! बहुत ज्यादा नहीं हैं? सारी बचत दे दोगे क्या उन्हें?''

''ज्यादा तो है, मगर क्या करता बहन को वह बहुत पसंद है और उसी से शादी करना चाहती है। इससे कम में लड़के की मां मानने को तैयार ही नहीं थी। बचत होती कहां है जो उन्हें दे देता।''

''तब, कहां से लाए?''

''मेरे घर के पास एक अस्पताल है। वहां की नर्स दीदी से मेरी अच्छी जान-पहचान हो गई है। वहीं कभी-कभी खून देता हूं। अच्छे पैसे मिल जाते है। कुछ कर्जा भी लिया है।''

''तुम पागल हो? किसी ने मना नहीं किया तुम्हें?''

''किसी को पता ही नहीं चला मैडम। जब मेरा बाप हमें छोड़कर चला गया था न तब एक बार मां बहुत बीमार हो गई और काम पर नहीं जा पाई। मेरे दोनों छोटे भाई और बहन बहुत भूखे थे। जब रोटी का कहीं इंतजाम नहीं हुआ तो उसी नर्स दीदी के कहने पर मैंने पहली बार खून दिया था। जब मैं रोटी लेकर घर पहुंचा, तो मेरे भाई-बहन ने कहा कि किशन तो जादूगर है, कैसे झटपट रोटी ले आया। वो लोग अभी भी मुझे जादूगर ही समझते हैं मैडम। मैं उनके सारे काम कर देता हूं। अब इकलौती बहन को भी यही विश्वास है, तो मैं उसका ये विश्वास कैसे तोड़ सकता हूं।'' जादूगर के हाथ बराबर काम कर रहे थे। उसने वायर को प्लायर से छीला, अंदर से तांबे के तार को कस कर उमेठा और मजबूती से स्क्रू में कस दिया। तभी किसी ने अपना पैर आगे बढ़ाते हुए पूछा, ''जूते में आई बटन लगा दोगे क्या?''

''बिल्कुल लगा दूंगा साहब, बस पांच मिनट रुकिए।''

''मुझे पता था तुम कर दोगे। आखिर मैं तुम्हें यूं ही जादूगर नहीं कहता।'

विलंब

शाम गहराती हुई पहाड़ों पर उतर रही थी। ठंडक और अंधेरा एक-दूसरे से होड़ कर रहे थे। मानो कह रहे हो, देखें पहले कौन बढ़ता है। उसने खेलते हुए बच्चों के बीच से मैत्रेयी को बुलाया और हाथ थामे चल पड़ा। रोज की तरह मैत्रेयी उसे अपने दोस्तों के झगड़े और खेल के किस्से सुनानी हुई उछल-उछल कर चली जा रही थी। वह बातें सुनने के बजाय अपने में ही खोया चला जा रहा था। आज उसे मैत्रेयी की बातें सुनने से ज्यादा अतीत को याद करना अच्छा लग रहा था। वह घर, खेल का मैदान, खूब सारे दोस्त और शालिनी। वही शालिनी जिस पर पूरे मोहल्ले के लड़के जान देते थे और वह किसी पर जान देती थी, पसंद करती थी तो सिर्फ उसे। शालिनी के खयाल ने ही उसके शरीर में अजीब सी झुरझुरी पैदा कर दी। चलते-चलते वह हांफने लगा तो एक पत्थर पर बैठ गया। वह अपनी उखड़ती सांसों को संयत करने की हर संभव कोशिश कर रहा था। उसे बैठा देख कर मैत्रेयी ने कसकर उसके हाथ थाम लिए। दिलासा भरी दो नन्ही हथेलियां उसके कमजोर हाथों को थामे हुई थीं। सुबह भाई का प्यार से उसे दुलारना, शाम बरसों बाद शालिनी से अचानक मुलाकात और अब मैत्रेयी का स्नेह बड़ी देर तक उसके होंठो को नमकीन स्वाद देता रहा। एक पल को उसने सोचा काश मैत्रेयी साथ न होती तो वह सारी रात यहीं बैठकर बिता देता। उसका मन हुआ वह दौड़ कर अपने शहर चला जाए, जहां कम से कम उसे जानने वाले लोग तो मौजूद हैं। वह फिर वही जिंदगी जिए जैसी छह महीने पहले जिया करता था। बेफिक्र और बिंदास। अंधेरा बढ़ने लगा था। उसे मैत्रेयी की चिंता ज्यादा थी। उसने अपनी सारी ताकत समेटी और उठ खड़ा हुआ। घर अब भी बहुत दूर था।

लिहाफ में लिपटे हुए ही उसने अपने एक्स रे को दोबारा देखा,

रिपोर्ट पढ़ी और गहरी सांस ले कर तकिए पर सिर टिका लिया। यहां आने के बाद उसने शायद दसवीं या ग्यारहवीं बार इस रिपोर्ट को पढ़ा था। सीटी स्कैन की शीट का रुख टेबल लैंप की रोशनी की ओर किया। काले रंग के उस प्लास्टिक से लगने वाले टुकड़े पर उसे कुछ भी समझ नहीं आया। बस अंदाज से उसने वहां नजरें टिका दीं जहां डॉक्टर उसे बड़े बेर के आकार की गुठली दिखाते आए थे। ऑपरेशन से गुठली निकाली जा सकती थी, लेकिन ऑपरेशन की सफलता का प्रतिशत कुछ कम था। फिर भी मां और भाई चाहते थे कि ऑपरेशन जरूर कराया जाना चाहिए। लेकिन ठीक होने के उस एक प्रतिशत जुए में उसकी कोई दिलचस्पी नहीं थी। फैसला उसे लेना था। लंबी चलने वाली कशमकश के बाद उसने फैसला ले लिया कि वह ऑपरेशन कराने की बजाय मौत को जिंदगी के एक-एक दिन का हिसाब देगा। हमेशा बने रहने वाले दर्द की वजह से उसने जब नौकरी छोड़ी तो भाई उसे और मां को यहां अपने पास अल्मोड़ा ले आए। मां अकेली उसे वहां संभाल नहीं पाती थीं और भाई छुट्टी ले कर बार-बार नहीं आ सकते थे। उसने कैलेंडर पर नजर डाली, उसके पास बमुश्किल पांच महीने थे या आठ या फिर दस...। लेकिन इससे ज्यादा नहीं। वह यह बात बहुत अच्छी तरह जानता था। भाई उसका दिल लगा रहे इसकी हर संभव कोशिश करते थे। लेकिन उसका मन था कि न अपना शहर भूल पाता था न उस शहर के लोग भुलाए जा रहे थे। उसने सोचा कभी-कभी कितना अजीब होता। हम जहां होते हैं, वहां से ढेरों शिकायत होती हैं, वहां नहीं होते तो वहां के रास्तों को ही याद करना अच्छा लगता है। वह एक अनजान शहर में मरने को तैयार नहीं था। पर...। उसने बत्ती बुझाई और सोने की कोशिश में पलकें मूंद लीं।

सुबह बहुत हिम्मत के बाद उसने भाई को बताया कि वह ऑपरेशन कराना नहीं चाहता न ही वह यहां रहेगा। वह जल्द से जल्द इंदौर लौट जाना चाहता है। वह शहर जहां कुछ लोग उसे पहचानते हैं। पहले वह किसी से भागना चाहता था इसलिए यहां चला आया था। लेकिन जब वह वजह ही यहां आ गई हो तो फिर यहां रहने से क्या फायदा? उसे पता था भाई उसके फैसले पर इतनी आसानी से मुहर नहीं लगाएंगे। वह भाई से बहस करने के लिए पूरी तरह तैयार था। आशा के विपरीत भाई सिर्फ 'सोचते हैं' कह कर निकल गए थे। वह शाम का इंतजार कर रहा था जब भाई से दोबारा इस विषय पर बात की जा सके। सब तर्कों का

एक ही जवाब उसने सोच रखा था। बस जिंदगी के दिन ही तो गिनने हैं। चाहे यहां गिने जाएं या इंदौर में। क्या फर्क पड़ता है। अगर फिर भी वह न माने तो कह देगा, यहां रहने से उसके जीने के दिन बढ़...उसके आगे वह मन में भी नहीं कह पाया? अपने न होने की कल्पना से ही उसे अजीब अहसास हुआ। एक दार्शनिक की तरह उसने सोचा, जो आया है वह जाएगा भी। आज इस विचार से वह डरा नहीं, बस गले में कांटे चुभते महसूस हुए। बहुत देर बाद उसने जाना यदि रुलाई रोकी जाए तो गले में ऐसी चुभन होती है। उसका मन हुआ बुक्का फाड़ कर रो ले। क्या पुरुष नहीं रो सकते? उसके मन ने खुद से प्रश्न किया। जवाब में दो बूंदें गालों पर लुढ़क कर बह गईं। रोज जिंदगी का एक दिन कम हो जाना और मौत का ऐसा बेबस इंतजार करने की मजबूरी के खयाल से ही वह बिफर पड़ा। उसने तकिए पर दो-चार मुक्के जड़े, सामने पड़ी किताब को तहस-नहस कर दिया।

नाश्ते की टेबल पर लंबी बहस के बाद तय हुआ कि वह अल्मोड़ा छोड़ कर कहीं नहीं जा रहा है। उसे अच्छी तरह याद है भाई से इतनी तेज आवाज में दूसरी बार उसने बहस की थी। पहली बार उस दिन जिस दिन शालिनी की सगाई की रस्म हो रही थी। और फिर आज। लेकिन बदकिस्मती से दोनों ही बार वजह वही थी। भाई ने जब बार-बार पूछने पर वह कोई संतोषजनक जवाब नहीं दिया तो उसे कहना ही पड़ा, 'शालिनी यहां रहती है' उसे बुरा लगा कि उसने भाई को फिर दुखी कर दिया है। भाई का सामना करने की उसके पास और हिम्मत नहीं थी। वह उठने लगा तो भाई पूछ बैठे, 'तुम कहां मिल लिए उससे?'

'बगीचे में'

उसने शब्दों को जबर्दस्ती निकाला। 'तुम वहां क्या करने गए थे?'

'जी मैं मैत्रेयी के साथ रोज वहां जाता हूं।' यह सुनने के बाद कायदे से भाई को गुस्सा होना चाहिए। लेकिन वह शांत बैठे रहे। डॉक्टर ने उसे ज्यादा चलने से मना किया है। वह भाई से छुप कर रोज इतनी दूर पैदल चल कर चला जाता है। भाई बोले कुछ नहीं बस नाश्ता अधूरा छोड़ कर उठ गए। माफी मांगने के इंतजार में शाम उसने कमरे में ही बिताई। लेकिन बोझिल पलकें कब मुंद गईं पता ही नहीं चला। आंख खुली तो देखा मैत्रेयी बस्ता लिए उसे उठा रही है। उसके आने के बाद बस स्टाप तक छोड़ने जाना उसी की जिम्मेदारी थी। वह लौटा तो बाहर भाई

बरामदे में बैठे अखबार पढ़ रहे थे। वह उसे देखकर ऐसे मुस्कराए जैसे कुछ हुआ ही न हो। उसके मन से बोझ उतर गया। उसे लगा उसका मन कांच की तरह साफ हो गया है। बहुत दिन बाद उसने शेव करने के लिए सामान निकाला। शीशे में अपना चेहरा देखकर वह एक बार तो बुरी तरह चौंक गया। वह खुद को पहचान ही नहीं सका। सूखे होंठ, अंदर धंसी हुई आंखें क्या वाकई यह उसी का चेहरा है। इसी चेहरे को देखने के लिए शालिनी किसी न किसी बहाने दसियों चक्कर उसके यहां के लगा लिया करती थी?

शालिनी के यहां वे लोग किराएदार थे। लेकिन घनिष्ठता ऐसी कि किसी को पता ही न चले कि दो परिवार हैं। इसलिए शालिनी के बार-बार आने को सहज ही लिया जाता। एक ही छत पर पढ़ना, आंगन के नीम के नीचे बैठ कर गप्पे मारना, लड़ना और बात बंद कर देना। उन दिनों उसकी वही दिनचर्या हुआ करती थी। ये नजदीकियां बढ़ती गईं और शालिनी उससे प्यार कर बैठी। वह उससे प्यार करती रही और वह अपनी आदत के मुताबिक टाइम पास। उसके मन में शालिनी के लिए कुछ नहीं यह बात तब भी सिर्फ भाई जानते थे। भाई तीन साल बड़े थे लेकिन उसके सबसे अच्छे दोस्त। उन्होंने कई बार समझाया था कि शालिनी से कम घुला-मिला करे। लेकिन उस वक्त वह उस मन का क्या करता जो मोहल्ले के लड़कों पर दादागिरी और शालिनी के किस्सों से रौब जमाने को आतुर था। शालिनी के पत्रों को जोर-जोर से दोस्तों के बीच में पढ़ना और फिर मुहल्ले की सबसे खूबसूरत लड़की को हथियाने के किस्से बयान करने के बीच उसे पता ही नहीं चला शालिनी कब गंभीर हो गई।

उसे तब भी कोई फर्क नहीं पड़ा जब मां ने बताया कि शालिनी की सगाई तय हो गई है। उस वक्त बस थोड़ा आश्चर्य जरूर हुआ कि शालिनी ने उसे यह बात क्यों नहीं बताई। पूरे दिन काम में उसका मन क्यों नहीं लगा यह वह सोच कर भी नहीं जान पाया। एक अजीब बैचेनी उसे घेरे रही। शाम जब वह घर पहुंचा तो शालिनी फौरन उसके पास चली आई। बिना लाग-लपेट उसने बहुत सपाट कह दिया कि वह उसके बिना नहीं जी सकती और उसे सगाई रोकने के लिए कुछ करना ही पड़ेगा। उसे बहुत आश्यर्च हुआ कि शालिनी जैसी कम बोलने वाली लड़की इतनी हिम्मत कर सकती है। एक क्षण के लिए जैसे उसकी सोचने-समझने की शक्ति खत्म हो गई। वह सिर्फ इतना ही कह सका,

'मैं तुमसे प्यार नहीं करता।' बदले में शालिनी ने सिर्फ गुस्से से उसे घूरा और चली गई।

बहुत दिनों बाद उसे पता चला कि शालिनी ने भाई को यह बात बताई थी। तभी भाई ने उससे कहा था कि वह शालिनी से शादी करना चाहे तो वे शालिनी के पिताजी को इस बात के लिए राजी कर लेंगे। भाई ने उसे समझाया भी था, लेकिन वही था जो टस से मस नहीं हुआ। उसे आज खुद पर आश्चर्य होता है कि उस दिन वह ऐसा पत्थर दिल कैसे हो गया था। उसे शालिनी के प्रेम की गहराई का उस दिन भान हुआ जब शादी के ठीक एक दिन पहले शालिनी उससे मिलने आई थी। जाते हुए पनीली आंखों से वह सिर्फ इतना कह गई थी, 'जो दूसरों का दिल दुखाते हैं वो खुद भी कभी चैन से नहीं बैठ पाते भूषण।' उसे आज भी याद है भाई ने कस कर शालिनी के हाथ पकड़ कर कहा था कि वह भूषण को माफ कर दे। शालिनी की आंखें देख कर उसे एक बार लगा कि वह हिम्मत कर कह ही दे कि वह भी उसे प्यार करता है। मगर उसके हाथों में फीका ही सही लेकिन किसी और के नाम की मेहंदी का रंग था।

कुछ दिन बाद भाई अलमोड़ा चले गए और शालिनी ससुराल। उसे पहली बार महसूस हुआ कि वह बहुत अकेला रह गया है। पहले भाई जब शालिनी के बारे में बात करते थे तो वह उन्हें मजाक में उड़ा दिया करता था। अब उसे उन पलों का इंतजार रहने लगा था जब मां शालिनी का कोई जिक्र छेड़े और वह चुपचाप सुनता रहे। शालिनी मायके आती तो उसका मन करता वह उससे मिले। लेकिन वह हिम्मत नहीं जुटा पाता। कई बार ग्लानि होती लेकिन अहं उसे माफी नहीं मांगने देता। इन्हीं दिनों भाई की शादी तय हो गई। उसने भरपूर कोशिश की कि शालिनी से सामना न हो। मां शादी में आई तमाम लड़कियों को उसे दिखाने की कोशिश में लगी रही। पर उसकी नजरें थी कि उसे किसी का चेहरा बांध ही नहीं पा रहा था। मां की जबर्दस्ती से वह किसी फैसले पर पहुंचता उससे पहले मौत ने अपने हक में फैसला ले लिया। उसकी जिंदगी के चंद दिन बचे हैं यह सुन कर मां बहुत खामोश हो गई थीं। मां की हालत देख कर भाई दोनों को अपने साथ ले गए थे। मां जाने से पहले शालिनी के घर मिलने गईं तो उसने सिर्फ एक वचन मांगा था कि उसकी बीमारी के बारे में किसी को कुछ न बताया जाए।

अब इस अनजान अलमोड़ा में वह था और याद थी शालिनी की।

मां रोज सुबह पूजा का प्रसाद खिलाती जैसे दवाई से ज्यादा ठाकुर जी का भोग कोई चमत्कार दिखाएगा। घर में एक अजीब सी चुप्पी पसरी रहती। मैत्रेयी न होती तो पता नहीं कैसी मनहूसियत होती इस घर में वह हमेशा सोचता। वह रोज मैत्रेयी को बगीचे में ले जाता और इस बहाने घर वालों की नजरों से कुछ देर के लिए बचा रहता। कोई भी उसका खयाल रखता तो उसे लगता वह दिन जल्दी आए जब किसी को उसके लिए कुछ न करना पड़े। कल शाम शालिनी से मिलने के बाद उसकी यह इच्छा और जोर पकड़ रही थी। शालिनी कल अचानक उसके सामने आ खड़ी हुई तो उसे सहसा यकीन ही नहीं हुआ। उसने तय किया कि जीवन की अंतिम घड़ी में वह आज शालिनी से जरूर माफी मांग लेगा। वह उसे जरूर बता देगा कि उसे भी वह अच्छी लगती थी। वह बोलने के लिए बहुत देर तक शब्दों को मुंह में चबाता रहा। उन्हें खूबसूरती से पिरो कर वह कोई वाक्य बनाता उससे पहले ही शालिनी बोल पड़ी, 'बड़ी सुंदर बिटिया है तुम्हारी। क्या मां पर गई है?' उसने जवाब देने के लिए सिर उठाया तो शालिनी का सूना माथा और खाली मांग देख कर आंखें प्रश्नवाचक हो गईं। शालिनी ने ही उसे बताया कि छह महीने पहले एक सड़क दुर्घटना में उसके पति नहीं रहे। उसकी एक सहेली यहां के बोर्डिंग में पढ़ाती है, इसलिए वह यहां चली आई। वह भूल ही गया कि उसे यह बताना है कि मैत्रेयी उसनकी नहीं भाई की बेटी है। वह भूल ही गया कि उसे बता दे उसकी शादी नहीं हुई। वह किसी को पसंद ही नहीं कर पाया। लेकिन वह सोचता ही रह गया। शालिनी पता नहीं क्या-क्या कहती रही। वह फैसला ही नहीं कर पाया कि आखिरी वक्त में शालिनी की सहानुभूति ले या नहीं? उसके मन में अजीब सा विचार कौंधा, क्या मौत उसे बक्श नहीं सकती? यदि ऐसा हो सके तो वह शालिनी के माथे पर फिर से सिंदूर की बिंदी झिलमिला देगा। अब तक उसे शालिनी से बिछड़ने का अहसास होता था। पहली बार उसे लगा उसने शालिनी को खो दिया है। हमेशा के लिए। उसे लगा फैसला लेने में उसने हमेशा देर की है। शालिनी को कुछ भी बताने के लिए अब सच में बहुत देर हो चुकी थी। ...बहुत देर।

ठिकाना

‘अब बताओ, है कि नहीं शानदार जगह।’

‘हूं। ठीक है।’

‘ठीक है मतलब? यार पूरा छह लीटर पेट्रोल फूंका है यह जगह ढूंढ़ने में।’

‘पर यहां भीड़ है।’

‘भीड़ कहां है यार? अब इतनी आवाजाही तो होगी न। तुम्हें क्या लगा था मैं तुम्हें सहारा के रेगिस्तान की तरह निर्जन जगह ले जाऊंगा? देखो कितना अंधेरा है। हमें यहां कोई नहीं देख पाएगा।’

‘पर कोई ऐसी जगह ढूंढ़ो न जो थोड़ी सुनसान हो। मेरा मतलब है थोड़ी खाली तो हो।’

‘यह भी खाली ही है यार। कितना अच्छा बस स्टैंड है। न यहां किन्नर दस रुपये मांगने आएंगे न पुलिस को चाय-पानी का खर्चा देना पड़ेगा। बस स्टैंड पर तो कोई भी बैठ सकता है।’

‘पर यहां... ?’

‘क्या दिक्कत है यार यहां। पांच मिनट का तो काम है।’

‘अच्छा जैसे पांच मिनट में छोड़ दोगे?’

‘स्वीटहार्ट ज्यादा बहस मत करो। सुबह से सोच कर आया हूं एक किस तो तुम्हें कर के रहूंगा।’

‘नहीं यहां नहीं। कोई और जगह ढूंढो। यहां यह सब करना ठीक नहीं है।’

‘अरे यार...।’

‘अरे यार, वरे यार कुछ नहीं बस चलो यहां से।’

‘चलो भई। कल देखता हूं कोई तुम्हारी मनपसंद ज-ग-ह।’

'फोन इतनी देर से क्यों उठाया?'

'एक कॉपी एडिट कर रही थी। इस वक्त फोन क्यों किया?'

'सुनोगी तो खुशी से उछल पड़ोगी। एक शानदार जगह खोजी है मैंने। परमिंदर ने बताई है। सिम्मी को ले कर वह वही गया था पहली बार।'

'तब तो मैं बिलकुल नहीं चलूंगी।'

'क्यों अब क्या हुआ?'

'उस लुच्चे परमिंदर पर मुझे कतई यकीन नहीं। उसने कोई फालतू सी जगह ही सुझाई होगी। और वह सिम्मी वह तो कहीं भी उठ कर चल देती है।'

'मेरे दोस्तों को कुछ मत कहो। बेचारा ऑफिस में कितनी मदद करता है मेरी, तुम्हें क्या पता? बॉस से झूठ बोल कर गया मेरे लिए वह जगह दिखाने।'

'सबसे पहले तो मुझे यह बताओ तुमने उस परमिंदर को भी बता दिया तुम्हें सुनसान जगह क्यों चाहिए। दिस इज डिजगस्टिंग।'

'तुम्हें तो लड़ने का बहाना चाहिए। मैंने उसे सिर्फ पूछा था कि वह सिम्मी के साथ कहां-कहां गया है। बस उसने मुझे अपना सीक्रेट अड्डा बता दिया।'

'अभी से बता दे रही हूं वह सफदरजंग के मकबरे जैसी फालतू जगह नहीं होनी चाहिए।'

'नहीं है बाबा।'

'पक्का।'

'पक्का यार। तो आऊं लेने।'

'नहीं आज नहीं। आज हमारे ऑफिस में कोई मीटिंग है। देर हो जाएगी। कल चलेंगे।'

'तुम्हारे बहाने भी एक से एक रहते हैं।'

'बहाने मतलब क्या। तुम्हारी टुच्ची सी किस के लिए नौकरी छोड़ दूं क्या?'

'आज तो तुम्हें एक मस्त स्मूच करके ही रहूंगा।'

'स्मूच? भूल जाओ बच्चू कि मैं तुम्हें यहां करीब भी आने दूंगी।'

'क्यों अब क्या हुआ?'

'क्या हुआ मतलब? वहां देखो दो गंजेड़ी कैसे घूर रहे हैं।'

'तुम्हें क्या पता वो गंजेड़ी हैं?'

'तो यहां इतनी शाम को कीर्तन मंडली के सदस्य आएंगे क्या?'

'बेकार की बात मत करो प्लीज। वो दोनों अपनी बात कर रहे हैं, हमारी ओर उनका कोई ध्यान नहीं है। ये एकदम सेफ जगह है। सामने से सीधा रास्ता जेएनयू जाता है, अगर बीच वाले रास्ते से जाएंगे तो वसंत विहार आएगा। और इधर से...'

'मुझे दिल्ली की जॉग्रफी मत समझाओ। चलो यहां से मुझे नहीं बैठना यहां। और इधर जेएनयू है तो क्या इसका मतलब यह हुआ कि यहां कोई बदमाश रहता ही नहीं होगा। कमला करते हो यार तुम भी। पूरी दिल्ली में एक जगह नहीं मिलती तुम्हें ढंग की बैठने लायक?'

'तुम्हें क्या लगता है, शीला दीक्षित मेरी चाची है, जो मेरे लिए ऐसी दिल्ली डिजाइन करें जहां लवर्स के बैठने के लिए शानदार जगह हों। सारा मूड खराब कर देती हो हमेशा। कनॉट प्लेस से यहां तक बाइक पर आना कोई मजाक है क्या?'

'मजाक मतलब? मैंने तुम्हें थोड़ी कहा है कि तुम मुझे अपनी बाइक पर दिल्ली दर्शन कराओ। गलती तुम्हारी है। तुम्हें जगह ही ऐसी-ऐसी ही मिलती हैं। कभी हसनपुर या पृथ्वीराज रोड का बस स्टैंड, कभी कालिंदी कुंज...'

'कुंज नहीं पार्क'

'हां, हां वही, कालिंदी पार्क, कभी नशेड़ियों का बुद्ध जयंती पार्क, कभी भीख मांगने और किन्नरों का अड्डा इंद्रप्रस्थ पार्क, कभी हाई सोसायटी की बेतुकी हरकतों से गुलजार लोदी गार्डन। कभी...'

'एक्सक्यूज मी मैडम, इतने नखरे आपके ही हैं। वरना दिल्ली के दिलवालें बेचारे इन्हीं ठिकानों के भरोसे रहते हैं। उस एरिया मैं हम इसलिए जाते थे क्योंकि तुम्हारा पीजी लक्ष्मी नगर में है। वहां से पास पड़ता। एक मैं ही हूं जो तुमसे मिलने के लिए मरा जाता हूं वरना...'

'वरना क्या?'

'वरना यह कि ऑफिस में तन्वी भी कुछ बुरी नहीं है। अभी तक कोई बॉयफ्रेंड भी नहीं है उसका।'

'तो ठीक है कल से उसी के पास जाना। ओके बाय।'

'अरे यार सुनो तो...सुनो तो प्लीज। ऐसे भाग क्यों रही हो।'

'अच्छा बताओ तुम्हारे हिसाब से हमारे मिलने की जगह कैसी होनी चाहिए। मतलब तुम कहां कम्फर्टेबल रहोगी?'

‘कोई ऐसी जगर होनी चाहिए जो बिलकुल सुनसान हो। जहां दूर-दूर तक कोई परिंदा भी न हो। सिर्फ हम दोनों हों। और...’

‘ठीक है, ठीक मैं समझ गया। जल्द ही ऐसी जगह ढूंढ़ लूंगा।’

‘हलो’

‘बोलो’

‘सुनो’

‘सुनाओ’

‘अब तक नाराज हो क्या?’

‘क्यों तन्वी का कोई बॉयफ्रेंड बन गया है क्या?’

‘छोड़ो भी यार। मजाक तो समझा करो। अच्छा मैं यह कह रहा था कि कल और परसों निखिल रूम पर नहीं रहेगा। आदित्य की इस पूरे हफ्ते नाइट है तो वो पांच बजे ही चला जाएगा। मकान मालिक आंटी भी नहीं हैं। घर चलोगी?’

‘घर चलोगी मतलब?’

‘मतलब रूम पर चलोगी शाम को?’

‘जी नहीं। सॉरी।’

‘प्लीज न। उससे ज्यादा सुनसान और कहां मिलेगा मेरा मतलब है एकांत कहां मिलेगा। अब देखो तुम्हारे पीजी में मैं आ नहीं सकता। मेरे रूम में तुम आ नहीं सकती थीं। बड़ी मुश्किल से मौका मिला है। थोड़ी देर बैठेंगे बात करेंगे। प्लीज।’

‘नहीं यार।’

‘हम कभी ठीक से बात ही नहीं कर पाते हैं। तुम ऑफिस से निकलती इतनी देर से हो, फिर तुम्हें घर छोड़ने जाता हूं तो आधे वक्त तो हम आईटीओ के जाम में ही फंसे रहते हैं। ऊपर से मैट्रो का काम चल रहा है तो मैं दस के पहले घर ही नहीं पहुंच पाता। तुम्हारी शकल देखने को तरस गया हूं। बाइक पर भी ऐसे डाकू की तरह मुंह लपेट के बैठती हो कि कभी साइड ग्लास में ही चेहरा देखने का मन हो तो वह भी न देख सको।’

‘तो तुम्हारे लिए अपनी स्किन खराब कर लूं क्या? कितनी धूल होती है रास्ते पर। चेहरा न ढकूं तो देखने लायक रह ही नहीं जाएगा। और फिर कभी कोई बाइक पर देख ले तुम्हारे साथ तो? जब चेहरा ढका रहेगा तो कौन पहचानेगा।’

'अच्छा अब फोन पर ज्ञान का तड़का मत लगाओ। तुम्हारे रिश्तेदार के नाम पर दिल्ली में चूहा भी नहीं रहता। दोस्त तुम बनाती नहीं और फिर इंदौर से इतनी दूर दिल्ली में तुम्हारे अड़ोस-पड़ोस वाले क्या तुम्हें सिर्फ बाइक पर किसके साथ बैठी हो यही देखने आएंगे क्या? बेकार की बात छोड़ो, ये बताओ चलोगी कि नहीं।'

'नहीं।'

'फिर?'

'फिर कुछ नहीं।'

'...'

'अच्छा एक काम करते हैं, वो लफूट पम्मी वाली जगह पर ही चलते हैं। घर में तो जाना ठीक नहीं होगा।'

'ग्रेट यार। थैंक्स। और पम्मी को लफूट मत बोला करो। जान मैं लेने आऊं अभी।'

'ठीक है।'

'याहू।'

'अरे कल हमारे ऑफिस में क्या हुआ...'

'हवा कितनी तेज है, मुझे कुछ सुनाई नहीं दे रहा।'

'मैं कह रहा था कल ऑफिस में...'

'वहां चल कर बताना। सुनाई नहीं दे रहा। बाइक कितनी तेज चला रहे हो।'

'अब वहां चल कर भी तुम्हें दफ्तर के किस्से सुनाऊंगा क्या?'

'क्यों थोड़ी देर बात भी तो करेंगे।'

'और कितनी दूर है।'

'इतनी बेचैन क्यों हो जान। सब्र नहीं हो रहा क्या?'

'फालतू बात मत करो, मैं बैठे-बैठे थक गई इसलिए पूछा।'

'बस और पांच मिनट।'

'....'

'अब यह नकाब उतार लो जान, यहां कोई नहीं है।'

'अरे बाप रे। कितना सुनसान है। अंधेरा भी होने वाला है। मुझे तो डर लग रहा है। ये टूटी-फूटी इमारत क्या है?'

'डर की क्या बात है जान मैं हूं न। और उस इमारत के बारे में मुझे नहीं पता क्योंकि मैं आर्कियोलॉजिकल सर्वे ऑफ इंडिया में नहीं बैंक

ऑफ इंडिया में काम करता हूं।'

'मजाक मत करो। सुनो, देखो कितनी सुनसान जगह है। मुझे लगता है यहां कुछ गड़बड़ है। हमें फौरन चलना चाहिए। शायद ये मकबरा है। और देखो हम दोनों के सिवा यहां कोई नहीं है। एक परिंदा भी नहीं।'

'!!!'

पाखी, जनवरी 2013

क्रिकेट

मुझे तो आज तक यह समझ नहीं आया कि लोग जब बुखार से इतना डरते हैं, तो फिर 'क्रिकेट फीवर' पर इतना खुश क्यों होते हैं। जब यह फीवर शुरू होता है, तो अच्छे-अच्छे-अच्छे पगला जाते हैं। तो यह क्रिकेट फीवर का ही कमाल था कि बिना मल्टीप्लेक्स वाला यह शहर भी आजकल पगलाया हुआ था। इतना पगलाया हुआ कि लोग इकलौते सरकारी नल के बारे में पूछते, 'क्यों रे नल ने चौक्का लगाया क्या?' तब सामने वाला जवाब देता, 'नहीं भैया, लगता है न आने की सेंचुरी बना कर ही दम लेगा।' लड़के रसोई में खाना खाने बैठते और मां से कहते, 'यह क्या रोटी ऐसे बाउंसर की तरह थाली में उछाल रही हो?' मां बदले में जवाब देती, 'तेरा बाप आ कर तुझे क्लीन बोल्ड करे उसके पहले खा कर निकल जा।' कुल मिलाकर ये सचिन तेंदुलकर के ईश्वर हो जाने के दिन थे। सुनील गावस्कर, कपिल देव और कृष्णमचारी श्रीकांत खिलाड़ी की तरह विदा हो रहे थे और तेंदुलकर हीरो की तरह उदय हो रहे थे। उस छोटे से कस्बे में जिसे लोग श्रीपुरम नाम से जानते थे, आजकल पानी की बड़ी किल्लत मची हुई थी। इसी पानी की वजह से लड़के बड़े परेशान थे, क्योंकि उन्हें उस खटारा हैंडपंप पर अपनी पूरी ताकत झोंक देनी पड़ रही थी। या उस इकलौते सरकारी नल की टपक का इंतजार करना पड़ रहा था। परेशानी इसलिए थी कि बहनें सार्वजनिक नल पर आएं यह उनके लिए ठीक नहीं था और गुस्सा इसलिए कि वे लोग देशभक्ति में पूरा सहयोग नहीं दे पा रहे थे। जब जोश में डूबा पूरा देश तिरंगा हाथ में ले बौरा रहा था और उनके कस्बे के बाकी लोग जिनके घरों में कुछ घोड़ों की ताकत वाले सबमर्सिबल पंप लगे थे आराम से सौरभ गांगुली, सचिन, श्रीनाथ को देखने के लिए दिलरूबा पान सेंटर, पंचायत भवन और श्री राम बाबू सहाय, एमए,

एमएलए के यहां जुटा रहे थे, तब उन्हें इस पानी पर भी अपना समय लगाना पड़ रहा था। सरकारी महकमों में अचानक कई बाबुओं को एक साथ अपनी हैसियत और दफ्तर में अपनी स्थिति को देखते हुए मलेरिया या टाइफाइड हो गया था। कस्बे के कॉलेज के आधे मास्टरों की या तो सास मर गई थी या किसी का बच्चा सख्त बीमार था। जिस तरह से लोग छुट्टी पर गए थे उससे तो नहीं लग रहा था कि बच्चे का बुखार 'क्रिकेट फीवर' से पहले उतर पाएगा। बस पूरे गांव में एक मोतिया लंगड़ ही खाट पर बैठा अपने पुराने घिसे हुए रेडियो पर पता नहीं क्या-क्या सुनता रहता था। उस वक्त शायद किसी कारगिल, कि कौन जाने करागिल, जैसी जगह पर पाकिस्तान से कोई फसाद हो रहा था। मोतिया लंगड़ का बेटा लाम पर था। सो वह भूतपूर्व सैनिक राष्ट्रपति द्वारा शौर्यचक्र से सम्मानित अपने बेटे की चिंता में घुला जा रहा था। लेकिन इस फालतू फसाद के लिए जिसे कुछ लोग युद्ध-युद्ध चीख रहे थे, किसी के पास समय नहीं था। जब कोई लंगड़ को किर्र-किर्र करते रेडियो से जूझते देखता तो पूछ ही लेता,

'का हो लंगड़, आज टीबी देखने न चलीहों का?'

तब लंगड़ मुस्कराता और कहता, 'अपने गनेश जुद्ध करने गए हैं। सोई हम जान रहे हैं कि वहां क्या चल रहा है।'

'कौन सा युद्ध हो गया है रे?'

'ऊ पाकिस्तान से लड़ रहे हैं।'

'अबे वो तो रोज ही लड़ते रहते हैं। इसमें कौन सी नई बात है।' तब लंगड़ कोई बहस न करता और चुपचाप सबके जाने तक रेडियो बंद कर देता।

तो जो इन तीन जगहों पर टेलीविजन सेट था, उनमें से राम बाबू सहाय के यहां जुटी भीड़ थोड़ी अलग किस्म की थी। वैसे हर कोई उनके यहां ही जाना चाहता था, क्योंकि उनके यहां 'नेबर्स एन्वी ओनर्स प्राइड' के वाक्य वाला टीवी था। इसमें कैरी पैकर के आइडिया वाली नीली ड्रेस बिलकुल मूल नीले रंग की दिखती थी। लेकिन सहाय बाबू अकड़ के साथ अपनी आरामकुर्सी पर तब तक धीरे-धीरे हिलते रहते, जब तक भीड़ का दबाव न बढ़ जाता। फिर वे बड़ी अदा से टीवी पर ढका क्रोशिए का कवर उठाते और भीड़ की ओर मुखातिब हो कर कहते, 'धूल से बचाना पड़ता है। यहां तो इतनी धूल है कि टीवी दो दिन में बैठ जाए।' उनके यहां टीवी देखने पर उनकी धौंस और रोब भी

सहनी पड़ती थी इसलिए लोग दिलरुबा पान सेंटर की शरण में ज्यादा रहते थे। नारंगी रंग के छुटकू से टीवी के लिए दिलरुबा पान सेंटर पर किसी के लिए मनाही नहीं थी। उल्टा, राजू को तो कभी भी 'ऑफ सीजन' पसंद नहीं आता था। तेंदुलकर का शतक पूरा होने का क्षण हो या आस्ट्रेलिया या पाकिस्तान के खिलाड़ी चौका-छक्का लगा कर भारत की ऐसी की तैसी करने पर तुले हों, वहां बैठा हर आदमी तनाव में होता और इस तनाव में उसके लिए दो-चार ठो बीड़ी फूंक लेना या ऊंचे लोग, ऊंची पसंदनुमा किसी प्लास्टिक के पैकेट को मुंह में उड़ेल देना आम बात थी। यह क्रिकेट सीजन उसे तेंदुलकर, गांगुली की तरह अरबपति तो नहीं बना रहा था, लेकिन उसके लिए यही कमाई सिर उठाने लायक काफी थी। जब भी कोई उसके यहां आता, वह गमछे से जगह साफ करने का अभिनय करता और कहता, 'आप पधारे हमारी किस्मत है। कभी हम आपको, कभी अपने ठिकाने को देखते हैं।' उसकी इस मनमोहिनी अदा पर लोग रीझते और उसकी गुमटी के आगे का खाली चौक 'हाउसफुल' रहता।

वह क्रिकेट का भारत के लिए बुरा दौर था। 'क्रिकेट फीवर' वाला महीना बीत गया था। पूरा महीना भर बिगाड़ कर भी पूरा देश जो चाहता था वह नहीं हो पाया। चमचमाती ट्रॉफी किसी और ही देश चली गई थी। श्रीपुरम सदमे में डूब गया। इस उत्सव के अचानक खत्म होने से किसी को समझ ही नहीं आ रहा था कि क्या करें। इस सपने के साथ एक और सपना टूट गया था। एक और खबर आई कि लंबे अरसे से जिस एक बड़े से घूमते हुए पुल की योजना थी, जिस पर विदेश की तरह तेज चमकती सफेद लाइटें लगी होंगी, वह अब श्रीपुरम से नहीं गुजरेगा। यदि यह पुल यहां से गुजरता तो बड़े वाहन-गाड़ियां उधर से गुजरतीं और श्रीपुरम नक्शे पर महत्वपूर्ण हो जाता। तेंदुलकर की कप्तानी में भारत हारा और यहां सहाय साहब की कप्तानी भी दांव पर लग गई थी। अब कस्बे वालों को कोई नई पुड़िया पिलाने के लिए सहाय बाबू अपनी जुगत लगा रहे थे। चुनाव पास में थे और सहाय बाबू का रक्तचाप माउंट एवरेस्ट को छू रहा था। लेकिन जैसा कि होता है, ईश्वर बड़ा दयालु है, जैसे लीलावती और कलावती के दिन सत्यनारायण भगवान ने फेरे वैसे ही सहाय बाबू के दिन फेरने के लिए उन्होंने बगल के बड़े शहर से उनके साले को भेज दिया। साले साहब आए और बस स्टैंड से उतरते ही उनकी पहली नजर उस जगह पड़ी जहां दस-बारह

लड़के टेढ़ी-मेढ़ी तीन लकड़ियां गाड़े, कपड़े धोने की सोंटी से एक मरियल गेंद को पीट रहे थे। यह मैदान शासकीय कला एवं विज्ञान स्नातकोत्तर महाविद्यालय का मैदान था। लड़के बेहद अगंभीर किस्म के लग रहे थे, लेकिन बहुत ही गंभीरता से क्रिकेट खेलने में व्यस्त थे। पहले तो साले साहब ने सोचा कि लड़कों के पास पहुंच कर जरा ज्ञान का तड़का ही लगा लिया जाए। शहर में उनका भी इस खेल में दखल तो था ही। खेल भले ही वह नहीं खेलते थे, पर खेल और खिलाड़ियों के साथ खिलवाड़ तो करते ही थे। जब वह घर पहुंचे तो चौबीसों घंटे काला चश्मा लगाए रखने वाले साले साहब ने गौर किया कि एमएलए जीजा के चेहरे पर शाम के सात बजे भी बारह ही बजी हुई है। कुरेद कर उन्हें जानने की जरूरत नहीं पड़ी क्योंकि पति की चिंता में पानी में डिसप्रीन की तरह लगातार घुली जा रही पत्नी ने अपने भाई को बताया, 'ऊ नासपीटे फलाई ओवर की इतने दिन परतीक्षा की। अब तुम ही देखो भैया कैसे भाजी से सूख रहे हैं। चुनाव सिर पर हैं और न पानी है न ऊ फलाई ओवर। इस बार पता नहीं का होगा भैया?' भैया ने जिज्जी की गुहार सुनी और अपने माथे पर चिंता की तीन लकीरें डाल दीं। उनका दिमाग चेतक से भी तेज दौड़ने लगा। एक बड़ी तोंद, आबनूसी लकड़ी के रंग और बेतरतीब मूंछों वाले साले साहब ने सूखे छुहारे और पतले से ताड़ से लंबे एमएलए जीजा के कान में एक मंत्र फूंका और जिज्जी ने भी साफ महसूस किया कि परमेश्वर लहलहा गए हैं। ऐसे जैसे किसी किसान ने वक्त पर कीटनाशक छिड़क कर अपनी फसल बचा ली हो। अब जैसा कि होता है, योग से संयोग जुड़ते हैं और संयोग से ही बड़े-बड़े काम हो जाते हैं। तो योग यह जुड़ा कि असाधारण बाप की एक साधाराण लड़की को प्रेम करने वाला लड़का इसी कस्बे से निकल कर शहर पढ़ने गया था। गया तो वह पढ़ने ही था, लेकिन क्रिकेट की दीवानगी में डूबा वह लड़का वहां कॉलेज क्रिकेट टीम में जद्दोजहद के बाद धीरे-धीरे अपनी जगह बना रहा था।

तो इस संयोग ने ही इस कहानी को जन्म दिया। अगर यह शहर न होता तो शायद वह लड़की न होती, वह लड़की न होती तो यह कहानी भी न होती। लड़की उस बंगलेनुमा घर की इकलौती संतान थी। कस्बे में रहने वाले लड़कों और शहर में रहने वाली इस लड़की की पसंद में गजब की समानता थी। क्रिकेट। लड़की क्रिकेट की दीवानी थी और श्रीपुरम का एक लड़का इस लड़की का दीवाना बन गया था। लड़की

बिलकुल सामान्य थी। सामान्य जैसे, वह कॉलेज में क्लास के बजाय कैंटीन में ज्यादा वक्त गुजारती थी। झूठ बोल कर पिकनिक पर जाती थी, घर पर मां के सामने किसी लड़के का फोन आने पर कहती, 'सुधा, कैसी है? हां क्लास में गई थी आज और कल तो मैं पूरी रात पढ़ती रही।' इस तरह मां के सामने बैठे रहने के बाद भी किसी लड़के से घंटों बात कर लेती थी। एक गुण उसमें और था। वह मुंबई के तमाम निर्माता-निर्देशकों को बहुत प्यार करती थी, इसलिए उनकी जेबें भरने के लिए वह 'मां कसम बदला लूंगा' से ले कर 'कोयला', 'राख', 'आग', 'बदला' के जैसी तमाम फिल्मों को देखने जाती थी। इसके बाद उसे क्रिकेट देखने का शौक था। उसे कई मैचों के स्कोर जबानी याद थे। लगभग हर टीम के खिलाड़ियों को वह बखूबी पहचानती थी। उसकी सहेलियां उसे पागल कहतीं और वह सौरभ गांगुली के पोस्टर खरीदने में पूरे बाजार का चक्कर लगा डालती। इन दोनों कामों से वक्त मिल जाए तो वह पढ़ना पसंद करती थी। मनोहर कहानियां, सत्यकथा और गृहशोभा उसकी पसंदीदा किताबें थीं। इतने के बाद वह थक जाती थी इसलिए बीए की तुच्छ किताबों में उसकी कोई दिलचस्पी नहीं थी। उसकी मां कहती, 'बेटे परीक्षा के दिन आ रहे हैं। कुछ पढ़ लो।' और वह 'हूं' कर फिर से किसी रहस्यमयी कहानी में खुद को डुबा देती थी। कॉलेज के पहले साल में यह उसका तीसरा साल था। फिर भी वह बहुत ही भले दिल की लड़की थी।

एक दिन उसके सफेद बालों और वैसे ही कपड़े पहनने वाले, जेब में रेबैन का काला चश्मा और गांधी जी की तरह जेब में वक्त...यानी घड़ी रखने वाले उसके पिता ने सुबह उसे जगाया और बताया कि वे प्रदेश के क्रिकेट समिति के अध्यक्ष चुन लिए गए हैं। लड़की ने बासे मुंह पिता को चूमा और खुशी में सिर्फ आई लव यू डैडी ही कह सकी। वह उठी और उसने उस काल्पनिक सुधा को फोन लगाया जिसके माता-पिता ने उसे दिनेश नाम दिया था। यह वही लड़का था जो लाल पान के पत्ते में बिंधे तीर के निशान वाले दिलरुबा पान सेंटर वाले कस्बे में रहता था। वह बचपन से क्रिकेट पहले रेडियो पर सुन कर और बाद में दिलरुबा पान सेंटर पर देख-देख कर बड़ा हुआ था। क्रिकेट उसकी रगों में हमेशा दौड़ता था। वह इस शहर के कॉलेज में आया था और किस्मत से ही शायद कॉलेज की क्रिकेट टीम में शामिल हो गया था। लड़की की दोस्ती उससे क्रिकेट के मैदान पर ही हुई थी, जब उसने दो

छक्के लगाकर कॉलेज की लाज रख ली थी। लड़की ने फोन किया और बताया कि उसके पापा क्रिकेट समिति के अध्यक्ष हो गए हैं। लड़के ने कहा कि उसे मालूम है। लड़की हैरान हुई तो उसने बताया कि वह रोज अखबार पढ़ता है और उसके पापा का फोटो पहले पन्ने पर उसने सुबह ही देख लिया था। तब लड़की ने आश्वस्त किया कि वह अपने डैडी से उसके लिए जरूर बात करेगी, ताकि उसे आगे बढ़ने का मौका मिले।

फिर लड़का-लड़की रोज मिलने लगे और लड़के ने बताया कि वह गरीब है इसलिए वह उससे दोस्ती न बढ़ाए। उसका इलाका बहुत पिछड़ा है, जहां बहुओं को आज भी घूंघट करना पड़ता है। लड़की ने एकदम ही नितांत फिल्मी और घिसापिटा डायलॉग मारा, 'मैं तुम्हारे लिए सारी परेशानियां सह लूंगी।' इसके बाद लड़की ने अपनी मां से जिद कर दुपट्टे वाले चार सलवार-कमीज खरीदे और एक दिन उसने पैरों में आलता भी लगाया। अपने पैरों को दिखा कर उसने कहा, 'मुझे आलता लगाना बहुत पसंद है।' अब वह लड़का जिसका नाम दिनेश था और वह लड़की जिसका नाम रंजीता था आपस में थोड़े घुलने-मिलने लगे थे। लड़का कहना चाहता था, 'अरे यार तुम बहुत बोर करती हो।' लड़की तभी कह देती थी, 'पता है, डैडी कह रहे थे कपिल देव को डिनर पर ले कर आएंगे।' लड़का जब कहना चाहता, 'तुम मुझे कभी अकेला भी छोड़ दिया करो यार' बस उसी ऐन वक्त, पता नहीं कैसे, लड़की कह उठती, 'वो जो इस बार के सिलेक्टर हैं न, मुझे उनकी बेटी की शादी में जाने के लिए नई ड्रेस खरीदने बाजार जाना है।' लड़का जब भी असमंजस में होता कि वह लड़की को पसंद करता है या नहीं, ठीक उसी वक्त उसे याद आ जाता कि रंजीता का बाप क्रिकेट समिति में अध्यक्ष हो गया है। एक दिन उसने लड़की को कुछ फिल्मी डायलॉग मारे और बताया कि उसे अपने दूसरे नंबर के प्रेम (लड़की से न चाहते हुए भी उसे कहना पड़ा कि वह दुनिया में सबसे ज्यादा प्रेम उसी से करता है। यानी पहले नंबर का प्रेम वह है) क्रिकेट को छोड़ देना पड़ेगा। लड़का किसी नए अभिनेता की तरह भावप्रवण चेहरा बनाना चाहता था, लेकिन उसे कोई नया चेहरा ध्यान ही नहीं आया, इसलिए उसने दिलीप कुमार और राजेन्द्र कुमार का मिला-जुला चेहरा बनाया और बताया कि उसके पिताजी अब उसके इस शौक के लिए पैसा नहीं दे पाएंगे। जल्द ही कुछ नहीं हुआ तो वह खत्म हो जाएगा। लड़की ने

उसे बांहों में भरा, माथे को चूमा और यकीन दिलाया कि वह डैडी से जरूर बात करेगी। अपने दस गुणा बारह के कमरे में पहुंच कर लड़के ने पोस्टर पर चिपके तमाम क्रिकेटरों पर एक उम्मीद भरी निगाह डाली और पीछे की जेब से बोतल निकाल कर गिलास निकाल लाया।

अब जब पुल आ ही नहीं आ रहा था तो लोगों की समझ में आया कि उन्हें कुछ और करना पड़ेगा। जो लोग ठीक सड़क के मकानों में थे और जिन्होंने अपने मकानों को ऐसे तब्दील कर दिया था, कि बस मौका पड़ते ही उन्हें होटलों, ढाबों, चाय की छोटी दुकानों में तब्दील कर दिया जाता, उन पर अचानक संकट गहरा गया। आवारा घूमते लौंडों के बापों की चिंता जाग गई, अचानक लड़कों पर दबाव आ गया कि वे काम के बारे में भी कुछ सोचना शुरू कर दें। इससे पहले लड़कों ने एकमात्र शासकीय कला एवं विज्ञान महाविद्यालय में बाथरूम में लड़कियों के कुछ चित्र बनाने, उन पर सुंदर अक्षरों में गंदी इबारत लिखने के अलावा कुछ नहीं किया था। ज्यादा से ज्यादा वे अच्छे फिकरे कस सकते थे। पर अब बाप चाह रहे थे कि वे या तो पढ़ें या फिर किसी काम-धंधे के बारे में सोचें। एक अदद बस स्टैंड, एक रेलवे स्टेशन, एक स्कूल और एक अदद कनौजिया लाल विज्ञान एवं कला महाविद्यालय के लड़के परेशान थे और परेशानी का आलम यह था कि लाल और हरे रंग के तिरछे पट्टे में पुती जीतू जायसवाल की शासकीय मान्यता प्राप्त कलाली भी उनका गम गलत करने में नाकाम थी। भौतिकी पढ़ाने वाले सर को, 'ओए ढिबरी!' चिल्ला कर और जीवविज्ञान पढ़ाने वाली को 'दमदमी माई' के खिताब से नवाज कर भी लड़के चैन नहीं पा रहे थे। आज छुट्टी का दिन था इसलिए बाप के तानों और बेकार की डांट से बचने के लिए लड़कों ने मोरी से कपड़े धोने की सोंटी उठाई और कॉलेज के मैदान में पहुंच गए। बस यही वह नेक समय था जब रात में भी धूप का चश्मा चढ़ाए रखने वाले, तोंद को बड़ी मुश्किलों से शर्ट के बटन में अटका कर रखने वाले साले साहब अवतरित हुए थे। अपने जीजा को एक और टर्म एमएलए बनाए रखने के लिए साले साहब के दिमाग में चार सौ चालीस वोल्ट का एक आयडिया कौंधा और उसकी परिणति के रूप में कनौजिया लाल क्रिकेट अकादमी का जन्म भया। इस अकादमी से लड़कों के दिल में कुछ-कुछ होने लगा और उनके उर में आनंद उमड़ पड़ा। इस अकादमी से कुछ हुआ हो न हुआ हो लेकिन लड़कों को समय गुजारने का एक अच्छा मौका जरूर मिल गया था।

अब पढ़ने के बजाय 'प्रैक्टिस' होने लगी थी। लड़के जी-जान से अकादमी में एडमिशन लेने और फिर टीम का हिस्सा बनने को आतुर थे। पैसे इकट्ठे किए गए और धीरे-धीरे कपड़े धोने का सोंटा बैट में बदल गया। पैड आए, ग्लव्स आए, स्टंप आए और नई सफेद ड्रेस में लड़के चमकने लगे। लड़के तुरंत ही तेंदुलकर और गांगुली बनने के सपने देखने लगे। ये दिन आसमान पर चलने के थे। पिच भी हवा में ही बन गई थी। वस्तुतः लड़के चलते तो जमीन पर ही थे, क्योंकि अब तक ऐसा कोई जादू नहीं आया था कि लड़के हवा में चल पाते, लेकिन वह व्यवहार से ऐसा दर्शा देते थे कि वे हवा में हैं। प्रैक्टिस जोर-शोर से हो रही थी। उस दौरान जब भी कभी कोई निराश होता या लगता कि इतने लोगों में खेलने का मौका कहां मिलेगा तो तुरंत दिनेश का नाम आ जाता क्योंकि वह चैंपियन क्रिकेट क्लब की ओर से अच्छा खेल रहा था और संभव था 'रंजी' भी खेलने चला जाए और शायद वहां से वह नीली कमीज पहनने का मौका भी मिल जाए, जिस पर लहराता सा तिरंगा बना रहता है और जिस पर सहारा लिखा होता है। यह सब उन साले साहब की बदौलत हो रहा था, जो एक दिन ऐसे ही कस्बे में पधार गए थे। धीरे-धीरे उन्हें दिनेश के बारे में बता चला और वह शहर जा कर उससे मिले। साले साहब की बदौलत उसे थोड़ा 'वेटेज' मिलने लगा था। क्रिकेट के भूत को और चढ़ाने के लिए साले साहब ने लड़के को 'यूथ आइकॉन' बनाने में कोई कसर नहीं छोड़ी थी। लड़कों की प्रैक्टिस बहुत अच्छी चल रही थी। चुनाव नजदीक थे। साले साहब के चार सौ चालीस वोल्ट के विचार ने लड़कों की पूरी फौज जीजा के लिए जुटा दी थी। लड़के जब खेल के मैदान में न होते थे, तब पौव्वे के सही जगह बांटने के अभियान पर होते थे। लोगों को धमकाना और बड़े-बड़े लाउडस्पीकर लगी खुली जीप में बैठ कर नेताजी का प्रचार करने का काम लड़कों के कंधों पर ही था। शहर का लड़का आगामी टूर्नामेंट के लिए स्टेडियम में पसीना बहा रहा था और कस्बे के लड़के चुनाव के लिए खून बहा रहे थे।

भरी दोपहर मैच के ठीक पहले जब दिनेश के पास रंजीता का फोन आया तब लड़का विविध भारती पर क्या से क्या हो गया, बेवफा तेरे प्यार में गाना सुन रहा था। आवाज तेज होने के कारण मकान मालकिन की आवाज लड़के के कानों तक नहीं गई और इस वजह से मकान मालकिन को सीढ़ियां उतर कर नीचे आना पड़ा। मकान मालकिन की

देह देख कर लगता था कि हाथी तौलने के लिए उन्हें बाट की तरह आसानी से इस्तेमाल किया जा सकता था। बिना दरवाजा खटखटाए दरवाजा भड़ाक से खुल गया और इसके साथ यह राज भी कि लड़का घर के अंदर सिर्फ और सिर्फ अंडर वियर में ही रहता है। मकान मालकिन ने घूर कर लड़के को देखा और तल्खी से कहा, 'तेरा फोन है। कोई रंजीता है।'

'आंटी उससे कहिए मैं उसे लगा लूंगा।'

'अगर इतनी ही चिंता रहती है, तो नंबर क्यों बांट आते हो जहां-तहां। अब चलो ऊपर मैंने होल्ड करा दिया है।'

सपने भले ही गुलाबी रंग के रहें, लेकिन सपने के उस घर का रंग हरा था। हरे रंग में पुते बांस की ऊंची दीवार थी। काला बड़ा सा गेट था। नीली वर्दी पहने एक आदमी ने जिसे चौकीदार कहने का प्रचलन था उसे वहीं रोक लिया। बाद में उसने हकलाते हुए बताया कि उसे रंजीता ने बुलाया है। थोड़ी देर बाद उसने खुद को एक नरम सोफे में धंसा हुआ पाया। सोफा इतना नरम था कि सफेद कपड़े पहने उस आदमी को 'नमस्ते' करने के लिए उसे अतिरिक्त मेहनत कर उठना पड़ा।

'रंजीता बता रही थी कि तुम क्रिकेट खेलते हो?'

'खेलता ही नहीं, पापा बहुत अच्छा खेलता है।'

'रंजीता कह रही थी कि तुम क्लब की सदस्यता चाहते हो?'

'पापा ये तिलक अंकल से मिला भी था।'

'रंजीता कह रही थी कि तुम बॉलिंग अच्छी कर लेते हो?'

'पापा यह हमारी कॉलेज टीम का ऑलराउंडर है।'

इसके बाद बहुत से सवाल 'रंजीता कह रही थी' से शुरू हुए और उनके जवाब लड़के के बजाय पापा की बिटिया ने ही दिए। उस दिन लड़के ने पहली बार मेज-कुर्सी पर बैठ कर खाना खाया और उसे पहली ही बार पता चला कि अमीर लोग दाल में घी, खीर में चीनी और सब्जी में नमक नहीं डालते! लेकिन वह इस बेस्वाद खाने से भी खुश था, क्योंकि सफेद कपड़ों वाले आदमी ने चैंपियन क्रिकेट क्लब में उसकी सदस्यता न सिर्फ पक्की कर दी थी, बल्कि आगामी महीने में होने वाले महत्वपूर्ण मैच में उसकी जगह बनाने का वादा भी कर दिया था। वहां कुछ सिलेक्टर आने वाले थे जो सफेद कपड़ों वाले काले आदमी के 'अच्छे दोस्त' थे। लड़का उड़ता हुआ घर आया और

अपने तेल में चिपचिपे गिलाफ वाले तकिए में मुंह धंसा कर यकीन करने की कोशिश में लग गया कि वह वास्तव में इतने बड़े आदमी के घर से लौटा है। इन उन्मादी क्षणों में वह यह भी भूल गया कि उसने अपनी इकलौती अच्छी शर्ट का बिस्तर पर लोट-लोट कर सत्यानाश कर दिया है।

लड़का चैंपियन क्रिकेट क्लब के लिए खेल रहा था। सांझ की दुनिया टाइम्स में उसकी दो बार तारीफ और एक छोटा इंटरव्यू भी छप चुका था। लड़का अपने दोस्तों के बीच 'हीरो' हो गया था। उसे नीली वर्दी वाले दिन बहुत करीब नजर आ रहे थे। एक महत्वपूर्ण मैच होने को था। सिलेक्टरों पर दबाव था कि वे नए लड़कों को मौका नहीं देते। साले साहब पर दबाव था कि 'क्रिकेट अकादमी' से किसी भी लड़के को कहीं मौका नहीं मिल रहा। साले साहब शहर आए और सफेद कपड़ों वाले उस काले आदमी से मिले। तय हुआ कि क्लब और कस्बे के लड़कों के बीच एक मैच करा दिया जाए। ताकि कुछ दिन कस्बे के लड़के भी शांत रहें और सिलेक्टरों को भी कहने को हो जाए कि उनके लिए मैच कराया जा रहा है।

कल महत्वपूर्ण दिन है। मैच लड़कों की दिशा तय कर देगा। कस्बे के ग्यारह उत्साही लड़के शहर आ गए थे। लड़की ने जिद की कि वह खुद अपने हाथ से उसे मंदिर का प्रसाद खिलाना चाहती है। लड़के ने टाला मगर वह नहीं मानी और दस गुणा बारह के कमरे में मरून रंग के सलवार कुर्ते में आ ही गई। उमस भरी दोपहर में पूरी कॉलोनी मार खाए बच्चे की तरह चुप थी। लड़के ने आहिस्ता से गेट खोला और उसे बरसाती में ले आया।

सुबह लड़का एक खुमारी के साथ मैदान पर उतरा। सामने उसके अपने कस्बे की टीम थी। सभी दोस्त, मगर हर कोई दुश्मन की तरह खेल रहा था। लड़की तालियां बजा रही थीं, जोर-शोर से। मैच शुरू होने से पहले लड़के ने मिलवाया था उसे अपने कस्बों के लड़कों से। 'इतने सारे देवर?' लड़की ने इतरा कर आंखें मटकाई थीं। 'बदमाश।' लड़के ने इतने दिनों में पहली जिंदादिल टिप्पणी की थी। मैच चला खूब धुंआधार। महाभारत के युद्ध की तरह गदर मचा हुआ था। शहर वाले पीट रहे थे, कस्बे वाले पिट रहे थे। न बॉलिंग में दम न बैटिंग में। कस्बे वाले तमाम कोशिश के बाद भी हार साथ ले जा रहे थे। जीत का सेहरा लड़के के सिर पर बंधा था। 'सालों ने अंपायर को खरीद लिया था।'

जीतू कलाली के परमानेंट मेंबर ने बात उठाई।

'अबे ऐसा कुछ नहीं है।'

'तेरे को बड़ा पता है, कैसा है?' गुर्राहट बढ़ती जा रही थी।

'तूने देखा नहीं उस चिकनी के बाप को। दिनेश पर कैसे नजरें जमाए हुए था। मुझे तो लगता है अपनी लड़की के लिए ही उसने कुछ सेटिंग की थी।'

'साला हम ही कुछ नहीं कर पाए। रईस बाप की लड़की पटाओ और मैच जीत जाओ।' कड़वाहट ने खुद ही अर्थ निकाल लिया था। वहां जीतू कलाली नहीं थी, लेकिन उससे कोई फर्क नहीं पड़ा था। बुद्ध पार्क, जिसे दिल्ली में बुद्धा कहने का फैशन है, का एक कोना नमकीन चने, कच्चे प्याज और 'अंग्रेजी' से गमक रहा था। प्लास्टिक के गिलास खाली होने पर हवा में लुढ़क जाते थे, इसलिए उसे खाली किया ही नहीं जा रहा था। रात घिर आई थी, स्याह।

'आज अमावस है।' किसी ने दर्शन झाड़ा। बाकी ठिल्ल से हंस दिए।

'साले अपनी तो हमेशा के लिए अमावस हो गई है। अब क्या करेंगे?' लड़खड़ाते कदम गेट से बाहर आ गए। 'किसी से नई दिल्ली स्टेशन जाने का रास्ता पूछ बे।'

'तेरा गुलाम हूं क्या?'

बगीचे के दरवाजे पर विदा की बेला का सीन फिल्माया जा रहा था। लाल छोटी कार जाने के लिए घरघरा रही थी। पर उड़ते बाल, लचीली देह, गोरी बांहें, इसके लिए राजी नहीं थे। शहद के रंग वाला वह लड़का बार-बार जाने की मनुहार कर रहा था, 'जाओ न प्लीज, नौ बज रहे हैं। तुम्हें पता है न मैच कितना टेंस था। मैं बहुत थक गया हूं। सोना चाहता हूं प्लीज...प्लीज।' प्लीज की जितनी फरमाइश आती, खूबसूरती की खिलखिलाहट उतनी ही बढ़ जाती थी। 'यार मेरे शहर के लड़के हैं, उनसे भी तो मिलना है। वरना क्या सोचेंगे, मेरी टीम जीत गई तो मैं मिलने भी नहीं आया।'

नियति खुद मिलने चली आई थी। दंगे में उन्मादी भीड़ जैसे नहीं जानती कि किसका कौन सा वाक्य शहर उजाड़ देगा, वैसे ही एक उन्मादी आवाज गूंजी, 'देखा कैसे लौंडिया से चिपक कर खड़ा है। साला समझता है, हमें हरा कर खुद हीरो बन जाएगा? लड़की के बाप के बल पर इतराता है।' इतराना 'सबक' में तब्दील हो गया। लड़के एक

और मैच खेलने के मूड में आ गए। लड़का कोमल देह पिच बन गई। मुंदी आंखों और कराह के बीच लड़की ने अपने 'इतने सारे देवरों' को देखा। लड़की उठने की कोशिश में लड़खड़ाई। उसका हाथ बोनट पर रखी ट्रॉफी से टकराया। ट्रॉफी का ढक्कन डेड बॉल की तरह दो टप्पे खा कर गिरा। टन्-टन् की आवाज हुई और सब कुछ शांत हो गया।

पांचवीं पांडव

लड़की वैसी ही जन्मी थी, जैसे लड़के जन्मते हैं। नौ महीने कोख में रहने के बाद एक दिन मां की चीखती-चिल्लाती आवाज के बीच टप्प से टपक पड़ी थी वह दाई की हथेली पर। जन्म लेने से पहले वह गर्भ से ज्यादा गर्व का हिस्सा थी। चार पूतों वाली उसकी जननी पांच की संख्या के लिए बेताब थी। जब वह अपने घड़े से पेट पर हाथ फेरती, उसे लगता पांचवा पांडव उसकी कोख में अठखेलियां कर रहा है। पांचवे पांडव से उसका मतलब यह नहीं था कि वह कुंती बनने के लिए बेताब थी। वह तो बस अपनी सास की बराबरी करना चाहती थी। पांच पूतों के घमंड में शामिल होने के लिए वह बैचेन थी। 'लगातार पांच बेटे जनना कोई हंसी-खेल नहीं है' सास की इस गर्वोक्ति का उसे जवाब देना था। फिर किसी दिन हौले से उसे सास को याद दिलाना था उस चंद्रहार के बारे में, जो पांच पूतों वाली के ही नसीब में था। झिलमिलाता चंद्रहार। जान बसती थी उस हार में लड़की की मां की। एक वही है जो चार बेटे के साथ चंद्रहार की दौड़ में सबसे आगे है। उसकी तीन बड़ी जेठानियां और एक देवरानी तो उस हार के बारे में सोच ही नहीं सकती थीं। एक बांझ, दूसरी सिर्फ एक लंगड़े लड़के की मां, तीसरी तीन लड़कियों को 'जन कर' सिधार गई और बाप साधू हो गया। अब कौन जाने तीनों अपने ननिहाल में कौन गत से रहती हैं। सुनने में तो आया सबसे बड़ी कहीं किसी के साथ कच्ची उम्र में ही निकल गई। बाकी दो की स्थिति घर की नौकरानी से भी बुरी है। पर 'लड़की जात' पर दया दिखाने का रिवाज हो तब तो कोई उनके बारे में सोचे। बची सबसे छोटी 'सहरातन' देवरानी। जिसके माथे पर ही हमेशा 'हम दो, हमारे दो' का लाल तिकोन दिखता रहता है। 'तो बचा कौन?' उसका मन हमेशा उससे खुद सवाल-जवाब करता रहता था।

लड़की जब से समझदार हुई है, तब से दादी के मुंह से सुनती आ रही थी, 'कोई कुछ भी कहे, लेकिन लड़की जनना कोई अच्छी बात नहीं है, मेरे तो भैया एक लड़की न हुई। हुए तो सब लड़के।' है। यह वाक्य वह दिन में इतनी बार सुनती है कि कभी-कभी उसे नींद में भी लगता है कि वही बोल उसके कानों से टकरा रहे हैं। उसकी मां के बोल तो उसने कम ही सुने हैं घर में। कभी-कभी उसे मां गूंगी लगती है। वह घर के काम की निगरानी के अलावा अपने 'बेटों' पर ध्यान लगाने के सिवाय और कुछ नहीं करती। दादी व्यंग्य में देख उसे 'पांडवी' कहती है, 'पांचवी पांडवी!' खाट पर बैठ कर जब उन्हें मां पर गुस्सा निकालना होता है। गर्व के प्रतीक पांडव बेचारे उसकी वजह से चार की संख्या पर ही सिमट कर रह गए। दुर्योधन की सेना को धूल चटा कर विजय पाने वाले पांडव। पिता को भी यह अफसोस कम न था। कोई यदि चार बेटो की याद दिला 'राजा दशरथ' की उपाधि देता तो दादी उसकी सात पुश्तें ऐसे तारतीं कि अगली बार रामायण पढ़ते वक्त भी राजा दशरथ नाम लेने से उसकी रूह कांप जाती। 'अरे कलमुंहे राजा दसरथ को कोई सुख न मिला अपने बेटों से। अरे करमजले काहे मेरे लड़के को राजा दसरथ के रओ। आग लगे तेरे मुंह में' के वाक्य लंबे समय तक हवा में तैरते रहते।

कभी जब लड़की कमरे या रसोई की देहरी पर छुपकर आती आवाजें सुनती तो वह उसे दूसरी दुनिया की आवाज लगती। उसकी गूंगी मां की आवाज जो सिर्फ उस खास कमरे में आती थी, जहां उसका जाना लगभग वर्जित था। दरवाजे की ओट में वह सुनती, 'राजा बेटा खा ले,' 'मोहन दूध पिएगा कि मिठाई खाएगा,' 'बब्बू रबड़ी कल जरूर मंगवाऊंगी।' यह वाक्य उसे किसी स्वप्नलोक के लगते थे। उसने मां की आवाज ही बहुत कम सुनी थी, ऐसे वाक्य तो उसकी कल्पना से भी परे थे। वह यकीन ही नहीं कर पाती थी कि यह उसी औरत की आवाज है, जिसे वह भी मां कहती है। उसे हमेशा लगता था कि कोई और औरत आ कर उसके भाइयों को दुलार जाती है। शायद कोई जादूगरनी, शायद कोई परी, शायद बरगद के नीचे रहने वाली बुढ़िया।

'लड़कियां घूरे की तरह बढ़ती हैं' इसलिए वह घूरे की तरह ही पल कर बड़ी होती रही। लड़की के भाई उससे स्नेह तो रखते, लेकिन उनकी अपनी दुनिया थी, जिसमें लड़की के लिए जगह पहले कम और बाद में खत्म हो गई। एक रात जलती देह के साथ उसे जबान सूखती महसूस

हुई। उसने लोटे की तरह हाथ बढ़ा दिया। टन्न की तीन आवाज के साथ लोटे ने ऐसी गुलाटी खाई जैसे वह बचपन में दूर खड़ी हो कर भाई को गुलाटी खाते देखती रहती थी। पानी ने फैल कर फर्श पर अपना कारोबार जमाया वहां तक तो ठीक था, लेकिन पानी के चक्कर में असली मुरादाबादी लोटे में जो दचक पड़ी वह अक्षम्य थी। लड़की के तपते गाल पर पहली बार मां का झन्नाटेदार हाथ पड़ा। 'खड़ी हो कर नहीं पी सकती थी पानी?' मां का गुर्राता हुआ स्वर गूंजा। बुखार या चांटे किस बात ने लड़की के गाल पर आंसू लुढ़का दिए किसी को समझ नहीं आया। लड़की उठी और आइने के सामने गाल पर उभरे निशान को उसने गौर से देखा उसे छुआ और रो दी। उसकी याददाश्त में मां का पहला स्पर्श।

लड़की बड़ी होती जा रही थी और उसकी इच्छाएं छोटी। बड़े घर में लड़की से खूब नफरत तो कोई नहीं करता था, लेकिन प्यार के लिए उसकी याचक निगाहें सब पर लगी रहती थीं। लड़की जब अकेला महसूस करती तो, ताई-चाची के बीच रसोई में बैठ जाती। उनकी बातों में उसे रस आना शुरू ही होता कि कोई भी झिड़क देता, 'यहां क्या बड़ों के बीच बैठी हो, जाओ जाकर बाहर खेलो।' लड़की उछलती हुई बाहर पहुंचती कि कोई भी घर का मर्द उसे बच्चों के बीच हुड़दंग न करने की सलाह के साथ घर के भीतर हकाल देता। लड़के क्रिकेट खेलते, शोर मचाते, पतंग उड़ाते और लड़की चुपचाप खिड़की पर खड़ी रहती। लड़की ने धीरे-धीरे खुद को अपने कमरे तक सीमित कर लिया। इसका बस इतना ही फायदा हुआ कि औसत बुद्धि वाली लड़की कस्बे के सरकारी स्कूल में फेल या पूरक का परिणाम लाने के बजाय सम्मानजनक तरीके से अगली कक्षा में जाने लगी। उसके आसपास की लड़कियां कोरी कॉपी में 'जय गणेश' या 'सरस्वती मैया प्रसन्न हों', लिख कर आतीं और गर्मियों की छुट्टी में गालों पर गुलाबीपन ला कर लजाते हुए बताती कि वे जीवन संवारने जा रही हैं। उन्हीं से उसे पता चला कि किताबों में माथा मारने से कुछ नहीं होता, शादी-ब्याह ही लड़की का 'असली' जीवन है। जिस वक्त वह अपनी कॉपी के पन्नों को पंद्रह का पहाड़ा लिख कर बरबाद कर रही होती थी, तब उसकी कोई सहेली अपनी कॉपी के पन्नों को 'रमेस को पहुंचे' की इबारत लिखने के साथ लाजवंती मुस्कान बिखेर रही होती थी। लड़की करीने से दुपट्टा ओढ़ कर अपने किसी भाई के साथ अपनी सहेली की शादी में जाती और घर

लौट कर मनाती कि इस बार यदि वह भी फेल हो जाए तो कम से कम शादी तो हो। पर मढ़िया (मंदिर) की गौरी मैया थीं, जो उसके सवा रुपये का प्रसाद चाहती ही नहीं थीं। उसका मन भी जीवन संवारने को बेताब था और जीवन था कि यूं ही 'मेरा विद्यालय' का निबंध रटने में बीता जा रहा था। अपनी बुद्धि से उसने सिर्फ इतना जाना था कि पति बहुत प्रेम करते हैं और प्रेम के लिए उसके पास मात्र एक ही विकल्प था। शादी।

लड़की गांव की पहली लड़की बनने जा रही थी, जो बाहर पढ़ने जा रही थी। 'सहरी' चाची ने खुद अपने पैसों से उसे साइकिल खरीद कर दी थी। एक भाई को जिम्मेदारी सौंपी गई कि वह उसे साइकिल चलाना सिखा दे। तमाम विरोधों और अटकलों के बावजूद तेल चुपड़े बालों की कस कर दो चोटी बांधे उन पर रिबन के दो फूल बनाए, स्टील के डब्बे में खट्टी कैरी का अचार और पराठे रख कर सुबह सात बजे लड़की 'गायत्री देवी स्मृति कन्या विद्यालय' को निकल पड़ी थी। सफेद सलवार, नीले कुर्ते और तह कर पहने गए सफेद दुपट्टे में अनुशासित ढंग से प्रार्थना की कतार में खड़ी लड़कियों को देख उसे बहुत रोमांच हुआ। धीरे-धीरे उसने जाना, कक्षा में किताबें खोल कर कैसे पढ़ने का अभिनय किया जाता है, नमक में उबले खट्टे बेर या इमली चाटने पर मुंह से आवाज नहीं आनी चाहिए, सुबह आते ही डेस्क के नीचे मुंह छुपा कर पराठा खा लिया जाना चाहिए ताकि खाने की छुट्टी में कबीट के पेड़ पर पत्थर मारने के लिए ज्यादा समय मिले। लड़की ने पहली बार जाना कि जीवन सिर्फ 'संवारने' के लिए नहीं 'जीने' के लिए भी होता है। यहां कोई लड़की जल्दी जीवन संवारना नहीं चाहती थी। लड़की का हर दिन एक नए रहस्य के साथ खत्म होता था। स्कूल की दीवार के पास से उछल कर आए कागज में लिपटे पत्थरों का राज जब उसने जाना तो आश्चर्य से खुला मुंह पांच मिनट बाद भी बंद नहीं हो पाया था। उसे बहुत दुख हुआ जब उसने जाना कि 'जिस लड़की को कभी प्रेम पत्र न मिले उसका जीवन व्यर्थ है!' उसने सोचा अभी तो उसका जीवन संवरा भी नहीं कि उसे व्यर्थ का एक और तमगा मिल गया। उसे बहुत धक्का लगा कि उसके जीवन संवरने की परिभाषा गलत है। वह देखती छुट्टी के बाद लड़कियां अपने नीले कुर्ते की जगह कोई और रंग का कुर्ता पहनतीं और उन सिनेमाघरों में समा जातीं थीं जहां की

वह कल्पना भी नहीं कर सकती थी। 'टिकट खरीदने के पैसे' जैसे प्रश्न पर एक बार एक उसकी सहेलियां इतनी जोर से हंसी कि कुर्सी पर सोया चपरासी हड़बड़ा कर उठ गया। इस आजाद और अनोखी दुनिया के बारे में किसी को बताने का लड़की का मन बहुत करता था। लेकिन वह इतनी समझदार हो गई थी कि घर पर क्या बताना है और क्या नहीं। लड़की के लिए घर के किसी व्यक्ति की दुनिया में जगह नहीं थी। इसलिए उसने अपनी दुनिया बना ली। वह बदलने लगी, आहिस्ता-आहिस्ता।

बदलाव के बावजूद उसका अपना सपना अभी भी आंखों में आ जाता था, पति और घर का सपना। कभी-कभी वह प्यार के लिए बैचेन हो उठती। मन ही मन वह सोचा करती, पति की मां की सेवा कर उसका दिल जीत लेगी। अगर छोटा भाई हुआ तो देवर की बजाय भाई की तरह दुलार देगी। लड़की एक और सपना देखती थी लगातार। उसकी कोख हरिया गई है। बेटी जन्मी है उसने, गदबदी सी। अपने हाथ से उसे खाना खिला रही है, गोद में झुला रही है। बेटी उसे लगातार पुकार रही है, मां...मां। नींद में कभी-कभी वह चिंहुक उठती और लगता बरसों बीत गए हैं, उसने मां नहीं पुकारा है। उसका मन करता पूरी ताकत से मां पुकारे। इतनी जोर से मां चिल्लाए कि मां दौड़ कर आए और उसे गले लगा कर पूछे, 'क्या हुआ लाडो, बुरा सपना देखा कोई, डर गई क्या बिट्टी।'

कस्बे के स्कूल में लड़की का आखिरी साल था। उसके पूरे खानदान में किसी लड़की को यह मौका आज तक नहीं मिला था। घर के लोग खुश थे कि वह स्कूल पूरा कर रही है। वह खुश थी कि घर में उसकी शादी की चर्चाएं शुरू हो गई हैं। गर्मी की एक उबाऊ दोपहर को उसके जीवन में आखिर वह क्षण आ ही गया, जिसका उसे इंतजार था। भरी दोपहर में उसे चेताया गया कि शाम को ठीक कपड़े पहन ले। पूरी दोपहर आइने के सामने उसने कई बार झुकी पलकों को उठाने का अभ्यास किया। धड़कते दिल के साथ कांपते हाथों में ट्रे ले कर वह बैठक में पहुंची। कितने सवाल पर जवाब सिर्फ एक, 'जी।' उसने लगन का दिन भी सोच लिया और यह भी कि उर्मि के अलावा किसी को नहीं बताएगी। वह इंतजार करती कि शायद आज उसे कहा जाएगा कि रसोई में वह कुछ काम-काज सीखे। दिन पर दिन बीतते गए। लड़की की

उदासी चरम पर थी और सपने धूमिल। फिर एक लंबी बहस हुई और तय हुआ कि घर में बैठाने के बजाय उसे शहर के किसी कॉलेज में दाखिला दिला दिया जाए। बहस सिर्फ दो समूह में थी। एक और सारे बड़े और दूसरी और अकेली 'सहरातन चाची!' जीत उनकी हुई और लड़की एक और नई दुनिया में आ गई। एक अनोखी, अबोली, अनदेखी दुनिया। इस बार उसे साइकिल पर लंबा रास्ता तय नहीं करना था। बस हॉस्टल से क्लास की दूरी तय करनी थी।

नई दुनिया में लड़के-लड़की के बीच अंतर नहीं था। सामान बांधते वक्त उसके पेट में जो तितलियां उड़ रही थीं अब वह उसे उड़ा रही थीं। रात। पहली ऐसी रात, जब वह घर से बाहर थी। अकेले कमरे में। उसका अपना कमरा। लड़की ने पहली बार आजादी की खामोश आवाज सुनी, नीरवता के उस अजीब संगीत को सुना जो उसे अपने निस्तब्ध वातावरण में भी झूमने को मजबूर कर रहा था। आईने में देर तक उसने खुद को निहारा, देर तक बिना किसी से डरे। अचानक उसे पता नहीं क्या सूझा, उसने अपने बाल खोल दिए। चिकने, लंबे हल्के भूरे बाल पीठ पर फैल गए। उसने हाथ उठाए और झटके से कुरता उतार दिया। छोटी-छोटी सांवली उंगलियों के बीच फंसा इजारबंद आसानी से आजाद हो गया। ढीली शलवार सर्र से मंच की यवनिका की तरह नीचे आ गिरी। लड़की ने देह को आजाद किया। धौंकनी सी चलती सांसों के बीच उसने अपने गदराए बदन पर नजर डाली। उसे याद आया, चाची हमेशा टोका करती थीं, 'लड़की छाती पर उठान आ गया है, दुपट्टा ठीक से रखा कर।' मां ने और भले ही कोई बात की हो या न की हो, लेकिन 'ये मर्दों की तरह क्या छाती निकाल कर चलती है।' उसने इतनी बार सुना था कि उसकी पीठ ही झुक गई थी। उसकी नजरें फिसलती हुई नीचे तक चली गईं। कमर के कटाव, मांसल जांघों और सुड़ौल पिंडलियों को वह निहारती ही रही और अचानक फूट-फूट कर रो दी। जार-जार...।

लड़की को उसकी सहेली ने कहा था एक बार, "लड़के शादी के लिए सिर्फ चेहरा नहीं देखते, वो 'सब कुछ' देखते हैं। मुंह पर कपड़ा डाल दो तो सब लड़कियां एक सी होती हैं, बिस्तर में।" उस वक्त वह 'बिस्तर में' पर दिए गए जोर को इतने अच्छे से नहीं समझ पाती थी। उसका ज्ञान बहुत अलग ढंग से परिष्कृत हुआ और देर से भी। एक

अजीब सा खयाल उसके मन में आया। यदि 'लड़की दिखाने' की इस रस्म में यदि वह ऐसे ही जा सके! क्या तब कोई लड़का इनकार कर पाएगा?

अब उसका मन जीवन संवारने को नहीं मचलता था फिर भी परिवार अपने कर्तव्य को पूरा करने में जुटा था। बीच-बीच में वह छुट्टियों में घर आती या कभी-कभी उसे बुलवाया जाता और वह 'ट्रे की कवायद' से ऐसे गुजर जाती जैसे गणतंत्र दिवस की परेड गुजर जाती है यंत्रचलित। हर बार वह खोटे सिक्के सी फेर दी जाती और उसका व्यवहार इस खास 'समारोह' के लिए और यांत्रिक सा हो जाता। हर परेड के बाद उसके चेहरे पर लगने वाले बेसन की परत और गाढ़ी हो जाती। बुधवार की जगह शनिवार के व्रत का फरमान आ जाता। काले मूंग मंदिर में चढ़ाने के बजाय घर से कोई उसे सफेद चावलों की ढेर सी पोटलियां पकड़ा जाता। उसके हाथ में सुनहरे, लाल, हरे और सफेद हर रंग के पत्थर की अंगूठियां समय-समय पर बदली जा रही थीं। यह तो बस उसे ही मालूम था कि यह अंगूठियां होस्टल जा कर पता नहीं किस दराज में गुम जाती हैं और दोबारा उसी वक्त निकलती हैं, जब उसे घर आना हो। हर नापसंद पर चाची को कोसा जाता। यदि उसे इतना पढ़ाया न जाता तो हो सकता था कोई मिल ही जाता। लड़की की पढ़ाई भी बढ़ रही थी और उम्र भी। उसके ताऊ अपना हास्य बोध दिखाने के लिए कहते, 'भई लड़की जितनी पढ़ी हो समझो उसे उतने ही लड़कों ने रिजेक्ट किया है।' वह अपने वाक्य को खत्म कर इतने जोर से ठहाका लगाते कि लड़की को लगता उनकी घनी मूंछों में उन्हीं की बीड़ी से आग लगा दे।

'लड़के तो बहुत मिलते हैं जानू, बस घर बसाने के लिए नहीं मिलते' लड़की की सहेली उसे कहती थी। 'घर बसाने के लिए लड़का न मिले तो दिल बसाने के लिए ही लड़का तलाश ले।' एक और उपेक्षित कौंतेय को दुर्योधन की तरह सच्चा संगी मिल गया था। अंग देश का राजपाट उसे भले ही न सौंपा गया हो, पर 'अंग' के राज से परदा उठ चुका था। नसीहत रंग लाने लगी थी। 'दिल एक मंदिर है, इसे सूना नहीं छोड़ना चाहिए।' 'जरूरी है क्या कि मंदिर में एक ही मूरत हो। वैसे भी आजकल एक मंदिर में एक ही भगवान थोड़ी होते हैं। तूने देखा नहीं

एक ही मंदिर में हर भगवान रखने का फैशन है।' 'दिल में जो रहे उसे भगवान की तरह पूजना चाहिए। आखिर भगवान कितने जरूरी हैं यह तुम्हें पता चल जाएगा डार्लिंग।' लड़की ने सलाह मानी और सहेली के दिव्य ज्ञान से जाना कि हर कमरे में किसी के पास दो तो किसी के पास तीन 'भगवन' हैं। भगवन भक्तों की पुकार पर हमेशा हॉस्टल के गेट पर मौजूद रहते हैं। सर्वव्यापी किसी भी तरह की ख्वाहिश को पलक झपकते ही पूरा करते हैं। जरूरी नहीं कि एक ही भगवान की पूजा की जाए। आखिर तैंतीस करोड़ देवी देवता हैं! इसलिए यहां भी किस्म-किस्म के भगवान थे। फिल्म देखने के लिए अलग, घूमने के लिए अलग, हॉस्टल आ कर ले जाने-छोड़ जाने के लिए अलग। अज्ञानी लोग जिसे लड़के और लड़की की दुनिया कहती थी, दरअसल वह तो भक्त और भगवन की दुनिया थी। भगवन के साथ ही लड़की अमृत पीना सीख रही थी। जीवन का अमृत। उनका दिल भले ही न मान रहा हो, पर दिमाग मान गया था कि शादी जीवन का अंतिम सत्य नहीं है। कुछ लड़के थे जो शादी करते थे, पता नहीं वह किस दुनिया के थे। कुछ लड़कियां थीं जिनकी शादी हो रही थी और आश्चर्यजनक रूप से वे इसी दुनिया की थीं!

एक शाम सफेद बल्बों की तेज रोशनी में नहाए एक मॉल में लड़की ने ढेर सारी चीज़ें खरीदीं। वह आगे चलती गई और पीछे चलती ट्रॉली में सामान फेंकती गई। बिल के लिए लंबी लाइन थी। भगवन ने चमत्कारी ढंग से ट्रॉली को ठेलकर लाइन में सबसे आगे स्थापित कर लिया। करीने से लगे काजल और लंबी बरौनियों से भरी आंखों ने पलकें झपकाईं, गहरे लाल रंग के होंठों ने मुस्कराहट फेंकी। एक मीटर लंबे बिल पर भगवन ने 'तुच्छ' दृष्टि डाली और बिना देखे काउंटर पर पैसे फेंक दिए।

पवित्र

तपते लाल तवे से चहरे के साथ वरुणा रात भर उसकी बगल में पड़ी रही। बिलकुल वैसी जैसे लकड़ी का कोई लट्ठा पड़ा रहता है। अंधेरा कमरा था, वरना शुभंकर को जरूर पता चलता कि वरुणा का चेहरा सख्त हो आया है। इतना सख्त की यदि वह खुद छूकर देखता तो उसे यकीन ही नहीं होता कि यह वही वरुणा है, जिसके गाल सब छू कर ओग्ली–मोग्ली मोक्षेम जैसी फालतू सी बिना मतलब वाली लाइन बोलते हैं! लेकिन शुभंकर को यह सब क्या पता वह तो सो रहा है, बेखबर। वरुणा ने कमरे में लगी घड़ी पर नजर डाली। साढ़े तीन। अभी पूरा ढाई घंटा है बाहर निकलने के लिए। गहरी नींद में शुभंकर का चेहरा इतना शांत था कि वरुणा का मन किया वह धीरे से उसे चूम ले। कल उसका विश्वास टूटने के बावजूद भी। आखिर क्यों वह इतना प्यार करने लगी है शुभंकर को ? उसने सोचा सोते हुए किसी आदमी से नफरत करना कितना कठिन काम है। पहली बार उसने ऐसे ही चेहरे के साथ तो देखा था शुभंकर को। कुर्सी की पुश्त से सिर टिकाए, आंखें मूंदे चुपचाप अधलेटा सा था। जैसे किसी गहन विचार में खोया हो। दफ्तर का पहला दिन था वह वरुणा का। कितनी घबराई हुई पहुंची थी वह दफ्तर में। उस दिन जैसे वरूण देव ने तय कर लिया था कि आज दिल्ली को सराबोर कर के ही छोड़ना है। कितनी मुश्किल से ऑटो मिला था। बस का तो कोई सवाल ही पैदा नहीं होता। भीगी जींस के पांयचे मोड़े, गहरा जामुनी टॉप और बालों से टपकते पानी के साथ जब वह दफ्तर पहुंची तो शुभंकर ऐसे बैठा था जैसे समाधि लगा ली हो। वह हड़बड़ाई सी पहुंची और शुभंकर के केबिन में पहुंच कर लगभग चिल्ला पड़ी, 'जी...वो बाहर इतनी बारिश हो रही है, मैं भीग गई फिर भी कहीं रुकी नहीं। जाम लग था इसलिए लेट हो गई। कल बिलकुल समय पर आऊंगी।'

'अगर आप अपने गीले कपड़ों से पानी निचोड़ कर आतीं, तो बस 10 मिनट और लेट होतीं। इससे कारपेट को पता नहीं चलता कि बाहर बारिश हो रही है। बेचारा बेकार में भीग जाएगा और उसे जुकाम हो जाएगा!' यह बोल कर शुभंकर इतनी जोर से हंसा था कि वरुणा मन ही मन बुदबुदाई थी, 'लगता है पहली बार हंस रहा है।' बाद में शुभंकर ने ही बताया था कि वह उसी दिन मर मिटा था उस पर।

उसके बाद कितनी शामें दोनों ने साथ गुजारी। इसका कोई हिसाब ही नहीं। इतनी उंगलियां ही नहीं उसके पास कि गिन सके। अगर उसका पूरा शरीर उंगली बन जाता तो शायद बात बन सकती थी।

'ए, तुम्हारी आंखें बहुत अच्छी हैं।' शुभंकर अक्सर उसे छेड़ता।

'ए, तुम्हारे बाल कितने रेशमी हैं।' शुभंकर अक्सर उसकी लंबी चोटी हाथ में पकड़ लेता।

'ए तुम्हारे हाथ कितने मुलायम हैं।' शुभंकर अक्सर उसकी हथेलियां जोर से दबा देता।

वरुणा बहुत कोशिश करती कि कह सके, 'ए, तुम पूरे के पूरे बहुत अच्छे हो।' लेकिन शब्द जबान में और जबान डर में अटक कर पता नहीं गुम हो जाती थी। पहले उसे यह सब सुन कर बहुत अच्छा लगता था। पर उसने धीरे-धीरे जाना कि वह सभी से ऐसी ही मसखरी भरी बातें किया करता है। कभी-कभी मन करता शुभंकर से कहे, 'तुम कितने फ्लर्टू हो न।' लेकिन फिर भी मन में कहीं यह बात अटक गई थी कि शुभंकर ने उससे कहा है कि वह उस पर मरता है।

और आज जब वह उसी मर मिटने वाले के साथ एकांत में है, लेकिन कुछ और ही विचार उसके मन में हैं। धीरे से उठ कर उसने रसोई का दरवाजा खोला। दूध का गिलास वहीं पड़ा था, मेज पर। जहां रात शुभंकर ने छोड़ दिया था। दो-तीन छोटे कीड़े उसकी सतह पर रेंग कर शायद अपनी भूख मिटा रहे थे। भूख। याद आते ही वरुणा को ध्यान आया रात उसने खाना भी नहीं खाया। हां लेकिन वह आई जरूर थी किसी की भूख मिटाने। शुभंकर की भूख। पर मिटा नहीं पाई। उसे पता ही नहीं था कि दरअसल वह यहां आ ही इसलिए रही है।

वरुणा ने टेबल पर रखे गिलास पर नजर डाली उसे उबकाई आ गई। उसे बिलकुल पसंद नहीं कि खाने के बरतन जूठे ऐसे ही कहीं भी पड़े रहें और कोई भी कीड़ा-मकौड़ा उस पर अपना कब्जा जमा ले। उसने गिलास उठा कर सिंक में रखा और नल की धार उस पर छोड़ दी।

पानी भलभला कर गिलास से बाहर बहने लगा। वरुणा को लगा, ऐसे ही अभी थोड़ी देर पहले वह भी तो बहा रही थी अपने आंसू। कीड़े नीचे गिर कर छटपटाने लगे। बिलकुल उसी तरह, जैसे वह छटपटा रही थी शुभंकर की बांहों में। एक हाथ से अपना कुरता थामे। उसके और शुभंकर के हाथ थे कि जद्दोजहद में लगे हुए थे। शुभंकर का हाथ कुरता उतारने के भरसक प्रयत्न में था और उसके हाथ थे कि उन्हें परे धकेलने की कोशिश में थके जा रहे थे।

अचानक वरुणा को याद आया, शांत रात में पानी बहने की आवाज कुछ ज्यादा ही तेज है। कहीं शुभंकर की नींद न खुल जाए। उसने हौले से नल बंद किया और फ्रिज में से बोतल निकाल कर ऐसे पानी पीने लगी जैसे इस जनम में पहली बार पानी मिला हो।

'तुम सो क्यों नहीं रहीं?'

वरुणा ने अपने कंधे पर शुभंकर की हथेली का दबाव महसूस किया।

'नींद नहीं आ रही।'

'पागल सो जाओ। बीमार पड़ जाओगी। इतना उदास क्यों हो गई। मैंने कुछ किया तुम्हारे साथ?' शुभंकर उसका हाथ पकड़ कर फिर पलंग पर ले आया। वह चुपचाप बैठ गई। शुभंकर ने उसे अपने ऊपर खींच लिया और माथे पर ऐसे थपकी देने लगा जैसे वह कोई बच्ची हो और उसे सुलाने का जतन किया जा रहा हो। कल ही की तो बात है, जब ऑफिस से निकलते हुए उसे देर हो गई थी। शुभंकर वहीं नीचे खड़ा सिगरेट फूंक रहा था। उसे देखा तो हाथ की सिगरेट झटपट फेंक कर उसके पास चला आया था। 'मैंने नया प्लाज़्मा टीवी खरीदा है और डीवीडी प्लेयर भी। तुम्हारी पसंद की तीन फिल्में भी मिली हैं साथ में। कल घर चलोगी? साथ में फिल्म देखेंगे।'

'लेकिन कब कल तो फ्राइडे है। ऑफिस नहीं आना क्या?'

'अरे यार, दिन में थोड़ी देखेंगे। फिल्म का मजा तो रात में है। शाम को ऑफिस के बाद चलेंगे। कुछ खाना बनाना तुम मेरे लिए और फिर फिल्म देखेंगे। मना मत करना प्लीज मेरा दिल टूट जाएगा।'

'पर इतनी रात मैं वापस आऊंगी कैसे?'

'आने की क्या जरूरत है। मेरा फ्लैट 3 बीएचके है। बगल वाले कमरे में तुम सो जाना। सुबह साथ में ऑफिस आ जाएंगे।'

'रात में तुम्हारे साथ...न बाबा। मैं नहीं आऊंगी। या तो तुम किसी

और को भी बुलाओ। दीप्ति, किशोर, सारिका। तुम्हारी तो इन तीनों से भी अच्छी दोस्ती है।'

'अरे यार, मैं कोई पार्टी थोड़ी दे रहा हूं, जो सबको बुलाऊं। तुम्हें मुझ पर विश्वास नहीं है क्या? तुम वो दाल-पालक कितना अच्छा बनाती हो। मेरे लिए बना देना न प्लीज। मैं पालक आज ला कर रखूंगा। फिर खाना खाते हुए फिल्म देखेंगे और क्या।'

'पर...'

'अब ये पर...वर छोड़ो यार।'

'पर तुम कुछ पीने-वीने का कार्यक्रम तो शुरू नहीं कर दोगे न? मुझे पीने वालों से बहुत डर लगता है।'

'सज्जन पुरुष का वादा। नहीं पीऊंगा। पीने के लिए तो दोस्तों को बुला सकता हूं। तुम्हें बुला रहा हूं तो जिम्मेदारी तो रखूंगा ही न। फिर कल 7 बजे पक्का। तुम सीधे पार्किंग में ही आ जाना।'

'ठीक।'

'थैंक्स।'

थोड़ी देर में वह तो नहीं सोई लेकिन कमरा शुभंकर की तेज सांस की आवाज से गूंजने लगा। वरुणा ने सोचा, कल यदि वह किसी को बताए कि वह एक पूरी रात यानी लगभग 8 घंटे किसी गैर मर्द के साथ रही। लेकिन बिलकुल अनछुई। कोई मानेगा? उसने खुद से सवाल किया। लेकिन जवाब नहीं मिला। अनछुई, पर अनछुई कहां है? उसने अपनी गरदन पर हाथ फिराया। दांत के ताजे निशान, हल्का दर्द और शायद थोड़ी लाली भी, अब तक उसकी गरदन पर मौजूद थी। वह धीमी आवाज में, घुटी सी प्रार्थना कर रही थी छोड़ देने की। वरुणा को लगा वह जितना छटपटाती जा रही है, शुभंकर उतना ही हिंसक होता जा रहा है। सर्र से इजारबंद उसकी कमर से अलग हो गया। शुभंकर आगे बढ़ कर खुद को उसके साथ एकाकार कर पाता कि वरुणा की रुलाई फूट पड़ी। तेज। याचना भरी। अचानक सब कुछ बदल गया। शुभंकर उसे बच्चे की तरह पुचकारने लगा। अपने व्यवहार के लिए माफी मांगने लगा। वरुणा बैठी रही। सुबह के इंतजार में।

वरुणा ने फिर घड़ी देखी पौने छह। उसने राहत की सांस ली और शुभंकर को उठा दिया।

'मुझे मेरे घर छोड़ दो।' उसने बिना लाग-लपेट कहा।

'अभी सो जाओ, मैं नौ बजे तक छोड़ दूंगा।'

‘नहीं।’

‘जिद मत करो’

‘मुझे छोड़ दो।’ वह लगभग चीखी।

मुंह अंधेरे जब गाड़ी सड़क पर दौड़ने लगी। शुभंकर अपनी सफाई में बोलता जा रहा था। ‘मैंने तुम्हें अपने घर बुलाकर तुम्हारा विश्वास तोड़ा। मुझे माफ कर देना। लेकिन क्या करूं रात तुम इतनी खूबसूरत लग रही थीं कि बस रुक ही नहीं पाया। मैंने सोचा मैं तुमसे प्यार करता हूं, तो प्यार में तो यह सब चलता रहता है। लेकिन तुम हो बहुत दृढ़ हो यार। जबर्दस्त इच्छा शक्ति है तुम्हारे पास।

‘हूं।’

‘अब इस पर एक कहानी लिख देना। अच्छा प्लाट है न। एक लड़का, एक लड़की रात भर कमरे में अकेले और कुछ नहीं हुआ। कोई विश्वास ही नहीं करेगा।’

वरुणा का मन हुआ पूछे, किस पर पवित्रता पर या दृढ़ निश्चय पर।

प्रतीक्षा

इलाहाबाद के एक लंबे और थका देने वाले दौरे से लौटा, तो ठान लिया था कि अगले महीने तक कहीं नहीं जाऊंगा। नहा–धोकर आराम करने जा ही रहा था कि फोन घनघना उठा।

'हलो, अमन कहो क्या हाल हैं ?'

'जी ठीक हूं। जान सकता हूं हाल–चाल कौन पूछ रहा है ?' मैंने कुछ बेरुखी से टालना चाहा।

'अमां यार कमाल करते हो। यदि फोन पर न होते तो इन हाथों में रिसीवर की बजाए तुम्हारी गर्दन ही होती।' वहां से पुरजोर शिकायती लहजा उभरा। मैंने तुरंत अपनी नींद को परे सरकाया और अपने दिमाग की हार्ड डिस्क को पूरा रीफ्रेश किया। आवाज पकड़ में आ गई और मैंने तुरंत मक्खन की मोटी परत चढ़ाते हुए माफी मांगी। 'माफ करना रविन्द्र अभी आधा घंटा हुआ इलाहाबाद से लौटे। काफी थका हुआ हूं और बस सोने ही जा रहा था, सो आवाज पहचान नहीं सका।' मैंने तुरंत कैफियत दी। यहां–वहां की बातों के बाद रविन्द्र मुद्दे की बात पर आ गया। अंततः वह मुझे कोलकाता बुलाने में सफल हो ही गया। एक महीने कहीं न जाने की मेरी बमुश्किल एक घंटे पहले ली गई प्रतिज्ञा इतनी जल्दी टूट जाएगी, यह सोचा नहीं था।

सो कर उठा तब तक नीता भी लौट आई थी। रविन्द्र के निमंत्रण के बाबत बताने की इच्छा नहीं हुई या कहूं हिम्मत नहीं जुटा पा रहा था। पिछले तीन महीनों से बाहर आना–जाना काफी हो गया था। हमारी शादी की सालगिरह, होली यहां तक कि अंश के जन्मदिन पर भी मैं घर पर नहीं था। वह मुझसे इसी बात से खफा थी। उस पर मैं रविन्द्र के निमंत्रण के बारे में बता कर आग में घी डालना नहीं चाहता था। मुझे खामोश देख कर नीता पूछ ही बैठी, 'क्या बात है, परेशान लग रहे हो।

थक गए हो या फिर कहीं जाना है ?' उत्तर में मैं हौले से मुस्करा दिया। मेरी ओर से जवाब न पा कर वह बोल उठी, 'जाने की तारीख बता दो, ताकि मैं पहले से तैयारी कर सकूं।' सफाई देने की गरज से मैंने कहा, 'रविन्द्र बिलकुल नहीं माना वरना तुम तो जानती ही हो मैं जाने के मूड में नहीं था।' बिना कुछ कहे वह रसोई में चली गई। कोई प्रतिरोध न देख कर तय हो गया कि कोलकाता जाना है। वहां जाना है तो नया कुछ लिखना होगा। मैंने अपनी डायरी उठाई और स्टडी में आ गया। मेरे यहां बैठने का मतलब ही होता है कि कोई मुझे परेशान न करे। नीता के लिए यह क्षण बेहद तनाव भरे होते हैं। क्योंकि किसी भी आने-जाने वाले को या फोन पर वह यह जवाब देते-देते थक जाती है कि मैं घर पर नहीं हूं। लिखते वक्त मैं बिलकुल शोर नहीं चाहता यह मेरी पुरानी आदत है। जब तक मैं स्टडी में रहूं सिर्फ एक ही व्यक्ति मेरे कमरे में आ सकता है, मेरा बेटा अंश। कभी-कभी हमारी इस बात पर बहस हो जाती है। इस बहस का कोई हल नहीं, नीता अच्छी तरह जानती है और यह भी कि मेरे जीवन में नीता से भी ऊपर अंश है। भले ही जीवन चक्र में वह नीता के बाद आया हो। मैंने अपनी पुरानी रचनाओं पर एक नजर डाली और निश्चिंत हो कर कुछ नया गढ़ने लगा।

आज निकलना है और यह अंश पता नहीं कहा रह गया है। वह जानता है, मैं उससे बिना मिले कभी नहीं निकलता। बच्चे थोड़े बड़े हो जाएं तो उनकी दुनिया अलग हो जाती है। ट्रेन सुबह के धुंधलके में कोलकाता की ओर बढ़ रही थी। मैंने महसूस किया रेल की पटरी के किनारे कन्याकुमारी से कश्मीर तक भारत एक है। हर शहर की सुबह एक सी होती है, वैसी ही अलसाई, धीमी और सुस्त। रविन्द्र स्टेशन पर लेने आ गया था। उसने बड़ी गर्मजोशी से मेरा स्वागत किया। मैं रविन्द्र से पूरे पांच साल बाद मिल रहा था। लेकिन कहीं कुछ नहीं बदला थआ। वह आज भी वैसा ही था। साफ मन का मस्तीखोर। कार में ही उसने मुझे बताया कि काव्य पाठ संस्कृति अध्ययन शाला में है। मैं खामोशी से उसकी बातें सुनता जा रहा था। थोड़ी देर बाद वह धीमे और लगभग अनुनय भरे स्वर में बोला, 'यदि तुम थोड़ा समय निकाल सको, तो सिर्फ आधे घंटे के लिए तुम्हारा एकल पाठ सीजेएस कॉलेज में रखना चाहता हूं। तुम्हें मेरी एक दोस्त से भी मिलवाऊंगा। तुम्हारी बड़ी प्रशंसक है और उसी कॉलेज में पढ़ाती है।' रविन्द्र की निगाहें मेरे चेहरे पर जमी थीं। मुझे लगा जैसे अंश मुझसे मनुहार कर रहा हो। मैं इनकार

नहीं कर सका।

दिन कैसे गुजरा पता ही नहीं चला। कल शाम कॉलेज जाना है। एक गर्ल्स कॉलेज। लड़कियों के कॉलेज इससे पहले भी एक बार गया हूं। पर इस बार दिल मे अजीब सी हलचल हो रही है। मन किसी काम में नहीं लगा। शाम रविन्द्र ठीक वक्त पर कार ले कर हाजिर हुआ। मुझे रविन्द्र की वक्त की पाबंदी हमेशा से आकर्षित करती है। जब हम अंदर पहुंचे लड़कियां हॉल में पहुंच चुकी थीं। इसी यश और नाम की चाह मुझे हमेशा से रही थी। चंद मिनटों बाद स्वागत की औपचारिकताओं खत्म हुईं और मैंने मंच संभाल लिया। थोड़ी देर में रंग जम गया। दाद पर दाद मिलने लगी, रंग जमने लगा। धीरे-धीरे दर्शक दीर्घा से फरमाइश का दौर शुरू हो गया। मैं खुश था कि नई पीढ़ी भी मेरे बारे में इतना जानती है। सिलसिला चल पड़ा।

लड़कियां इतनी उत्साहित थीं कि कार्यक्रम खत्म होने देना ही नहीं चाहती थीं। कुछ लड़कियां बाकायदा कॉपी में लिख रही थीं। पूरा न लिख पाने पर दिलेरी से 'वंस मोर' की फरमाइश भी हो रही थी। गजलों के शेर कहीं न कहीं उन्हें शायद अपने प्रेम की झलक दे रहे थे। कार्यक्रम खत्म हो ऐसी किसी की इच्छा नहीं थी। लेकिन घड़ी और की इजाजत नहीं दे रही थी। मैं भी शेर पढ़ते-पढ़ते थक गया था। 'कार्यक्रम खत्म करने से पहले, 'साए जिंदगी के' से ख्वाब आंखों में आज भी हैं सुनाएंगे?' मेरे कानों में महीन और परिचित आवाज उतरी। आवाज सुनते ही मैं चौंका और तुरंत नजरें वहां फैला दीं। 'मैं बहुत थक गया हूं। माफ कीजिए फिर कभी।' मैंने खुद को कहते हुए पाया। अंतिम शब्द बोलने तक तो मैं उठ खड़ा हुआ था। इस अचानक हड़बड़ी से आभार प्रदर्शन की औपचारिकता भी पूरी नहीं हो सकी।

मैं बाहर आ गया। लगा जैसे अंदर और थोड़ी देर रुकता तो सांस घुट जाती। सभी खुश थे कि उनके कॉलेज में इतना बड़ा कवि आया। प्राचार्य मुझे बार-बार धन्यवाद दे रही थीं। लड़कियां ऑटोग्राफ के लिए मुझे घेरे खड़ी थीं। लेकिन मेरी निगाहें कुछ और ही खोज रहीं थीं। वहीं चेहरा जिससे बच कर मैं अभी थोड़ी देर पहले बाहर चला आया था। सभी मेरे करीब आने को आतुर थे। एक वही थी जो दूर थी। बहुत दूर। लोगों से अनमना सा बतियाता मैं कार तक आया। रविन्द्र लगभग उसे घसीटते हुए हाथ पकड़े चला आ रहा था। रविन्द्र ने बड़ी गर्मजोशी के साथ कहा, 'अपर्णा भारद्वाज। इसी कॉलेज में प्रध्यापिका हैं। मैंने तुम्हें

बताया था न मेरी दोस्त हैं।' रविन्द्र अपनी रौ में बोले जा रहा था। मैं और अपर्णा एक-दूसरे को देख रहे थे निशब्द। मैं हौले से मुस्कराय। बदले में उसने भी ऐसी ही प्रतिक्रिया दी। रविन्द्र ने कार का दरवाजा खोल दिया। शिष्टता के नाते मैंने उसे पहले बैठने का आग्रह किया। वह बैठी और कोने में सरक गई। मैं बैठा और सामने देखने लगा। 'नहीं रविन्द्र मैं चली जाऊंगी। घर पास ही में तो है।' उसने इसरार किया। 'मुझे पता है तुम आज की नारी हो और अकेले घर जा सकती हो। चुपचाप बैठी रहो।' वह खुद ड्राइवर के पास बैठा और कार चल पड़ी। कार में सन्नाटा पसर गया। लग ही नहीं रहा था कि उसमें तीन लोग सफर कर रहे हैं। खास बाद उसमें अपर्णा सफर कर रही है, जिसे भगवान ने बातों का अनमोल पिटारा दिल खोलकर सौंपा था। आज वही अपर्णा ऐसे बैठी है, जैसे बोलना ही नहीं जानती हो। हम दोनों अगल-बगल बैठे थे। हवा से उसका आंचल मेरी बाजू से छू गया। मुझे वही अहसास हुआ, जो बरसों पहले हुआ था। इच्छा हुई उसका हाथ पकड़ कर पूछूं कैसी हो? मन में प्रश्नों के तूफान उठ रहे थे। पर जबान एक दम खामोश थी। दिल चाह रहा था बस थोड़ा सा एकांत मिल जाए। काश रविन्द्र अभी यहीं उतर जाए। तभी ड्राइवर ने गाड़ी में ब्रेक लगाया।

'मैं ऊपर तक छोड़ने चलूं?' रविन्द्र ने आग्रहपूर्वक पूछा।

'नहीं मैं चली जाऊंगी।' फिर वही संक्षिप्त उत्तर। 'अरे हमें ऊपर तक आने को नहीं कहोगी?' रवि ने झूठी शिकायत की।

'आपका तो कुछ नहीं लेकिन अमन जी थक गए हैं शायद। उन्हें देर हो रही होगी।'

रवि कुछ कहता उससे पहले ही अपर्णा पलट कर चल दी। वह भौंचक हो कर उसे देखता रहा। मेरी आंखें उसकी पीठ पर तब तक चिपकी रहीं जब तक वह ओझल नहीं हो गई। उसके जाने के बाद भी गुलाबी पल्ला मेरी आंखों में बसा रहा। मुझे याद आया एक बार गुलाबी सलवार-कुर्ते में उसे देख कर मैंने उसे छेड़ने की गरज से गुलाबो कह दिया था। वह बच्चे की तरह खुश हो गई थी। शायद...नहीं यकीनन उसने आज गुलाबी साड़ी पहनी थी। मैंने ही कहा था उससे यह रंग खिलता है उस पर। नियॉन लैंप की रोशनी में मैंने देखा, राधिका अपार्टमेंट, 729 मुखर्जी लेन। रविन्द्र आगे उतर कर पीछे आ कर बैठ गया। रविन्द्र ने चुप्पी तोड़ने की गरज से बातचीत शुरू की। पर मेरा मन

किसी भी बात का जवाब देने का नहीं हुआ। अचानक वह बोल उठा, 'माफ करना यार अपर्णा ऐसी लड़की नहीं है। मैं खुद उसके इस व्यवहार पर हैरान हूं।' 'नहीं कोई बात नहीं॥ मैं तो उन्हें जानता भी नहीं फिर मुझे कैसे पता चलता कि उनका व्यवहार कैसा है ? मुझे लगा शायद वह इतना ही कम बोलती हैं।'

'वह और कम बोलती है ?' रविन्द्र ने अपनी छोटी आंखें फैला दीं। उसे देख कर मुझे हंसी आ गई। 'अरे उसे दोस्ती करने में जरा देर नहीं लगती। वह बहुत बातूनी है। हो सकता है आज उसकी तबीयत ठीक न हो। पर यार वह लड़की है कमाल की।' रविन्द्र अपर्णा के बारे में बताता जा रहा था। 'और पता है वह हमेशा हंसती रहती है।' बोलते-बोलते रविन्द्र का स्वर अचानक गंभीर हो गया। 'लेकिन मुझे लगता है उसे कोई बहुत बड़ा दुख है। जो वह बताती नहीं है। कई बार मैंने उसे बहुत उदास देखा है।' रविन्द्र की बात मेरे सीने में नश्तर की तरह उतर गई। क्योंकि मैं उस उदासी का कारण था। खिड़की से तेज हवा अंदर आ रही थी। मैंने शीशा चढ़ा दिया और उस पर सिर टिका दिया।

मेरा होटल आ गया था। रविन्द्र अंदर तक छोड़ने के लिए उतरने लगा। मैंने मना किया और तेजी से अंदर चला गया। पूरी लॉबी खाली थी। फ्रंट डेस्क पर बैठा लड़का बड़े अदब से खड़ा हो कर मुझे चाभी थमाने लगा। 'मुझे मुखर्जी लेन तक जाने के लिए गाड़ी मिल सकेगी अभी ?' मेरा प्रश्न सुन कर लड़के ने अजीब नजरों से मुझे देखा और कलाई पर बंधी घड़ी पर नजर डाल दी। मुझे बिना कुछ कहे फोन पर यंत्रवत ऊंगलियां चलाईं, और कुछ बुदबुदाया। पांच मिनट के भीतर एक शफ़्फ़ाक़ वर्दीधारी मेरे सामने था। 'सर को मुखर्जी लेन ले जाओ।' उसने आदेश दिया।

कांपते हाथों से मैंने डोर-बेल पर अपनी उंगली रख दी। बिना देर किए दरवाजा खुल गया। जैसे बस घंटी बजने की प्रतीक्षा रही हो। फिर वही चेहरा सामने था। पनीली आंखों वाला सांवला चेहरा। लेकिन इस बार आंखों में सूनापन था। घंटाभर पहले करीने से लिपटी साड़ी अस्त-व्यस्त हो गई थी। मैं अंदर जा कर सोफे पर निढाल हो गया। वह दरवाजा बंद कर सामने तखत पर बैठ गई। मैं उसके करीब आया और उसकी दुबली कलाइयों को थाम लिया। 'बिट्टू तुम कहां चली गई थीं ?' वह मेरे सीने से लग कर फफक पड़ी। वह मेरे बाजू से लिपट कर बहुत देर तक रोती रही। उसके आंसुओं से मेरे कुर्ते की बांह भीग गई।

और उससे ज्यादा मेरा मन। वह चुपचाप कंधे से सिर टिका कर बैठी रही और मैं पहले की तरह उसकी उंगलियों के बीच अपनी उंगलियां डाले बैठा रहा। पूरे सात साल बाद मैं उसके साथ इस तरह बैठा था। 'बिट्टू चुप हो जाओ।' बस इससे ज्यादा कुछ और कहने या पूछने की मेरी हिम्मत नहीं हो रही थी। बिट्टू यह नाम मैंने ही उसे दिया था। वह भी बड़े लाड़ से मुझे इसी नाम से पुकारने को कहती थी।

'जब मैंने पाया कि तुम्हारे बिना जीना मुश्किल हो रहा है और साथ रहना असंभव तो मैंने शहर छोड़ने का फैसला कर लिया। मम्मी-पापा को इस फैसले पर राजी करना मुश्किल था। मगर मेरी जिद के आगे वह झुक ही गए।' वह कहे जा रही थी। 'मैं यहां आ जरूर गई, लेकिन मेरा सब कुछ वहीं छूट गया। मन हमेशा तुम्हारे आसपास भटकता रहता। जब कभी तुम्हें टीवी पर देखती तो स्क्रीन को न जाने कितनी देर तक छू कर तुम्हारा स्पर्श महसूस करती रहती।' वह उठी और एक गत्ते का बड़ा डिब्बा उठा लाई। पूरे डिब्बे में कतरने भरी थीं। मेरी रचनाओं और साक्षात्कारों की कतरनें जो इतने सालों से यहां-वहां छप रही थीं। उन्हीं के बीच कुछ नन्हे-नन्हे पुर्जे थे जो मैंने उसे यूं ही कुछ लिख कर दे दिए थे। उसने मेरी छोटी से छोटी याद को भी बड़े जतन से सहेजकर रखा था। उसने मुझे इतनी बातें बताईं जो मैं कब की भूल चुका था।

'तुमने शादी क्यों नहीं की?' खुद तो यह सवाल पूछने से रोक नहीं सका। वह मुस्कराई और बोली, 'भूल गए तुम्हीं कहते थे न कि चाहना कोई मुझसे सीखे। बस तुम्हें इतना चाहा कि किसी और के लिए कुछ बचा ही नहीं।' उस क्षण मुझे खुद पर गर्व हो आया। इतना चाहने वाला मिलना भी तो किस्मत की बात है। मुझे याद आया जब मैं पहली बार उससे मिला था वह मेरे संघर्ष का दौर था। अपर्णा किसी एनजीओ के लिए काम करती थी। मेरे एक मित्र के दफ्तर में मैं पहली बार उससे मिला था। वह इतनी अच्छी बातें करती थी कि मैं पहली ही बार में उससे प्रभावित हो गया। बाद में मुलाकातों का दौर बढ़ता गया। उसकी और मेरी पसंद में इतनी समानता थी कि मुझे खुद आश्चर्य होता था। एक दिन हम यूं ही टहलते हुए थोड़ा दूर निकल गए। वह नितांत भावुकता के क्षण थे। मैंने उसका हाथ पकड़ लिया। उसने कोई प्रतिरोध नहीं किया। मैं पूरा रास्ता उसका हाथ पकड़े चलता रहा। 'फिर कब मिलोगी?' 'आज रात ख्वाब में।' वह हंसती हुई मेरा हाथ छुड़ा कर चली गई। हम अकेले कम ही मिल पाते थे। लेकिन जब भी मिलते घंटों

साथ बैठते। वह तब भी जानती थी कि मैं शादीशुदा हूं। फिर भी उसे मेरे साथ आने से गुरेज नहीं था। 'मैं तुमसे प्यार करती हूं। कब कैसे कर बैठी, पता नहीं। तुम शादीशुदा हो तुम्हारी गृहस्थी है इससे मुझे कोई फर्क नहीं पड़ता।' वह अकसर मेरी पत्नी और बेटे के बारे में भी पूछती।

'तुम आज भी अकेली हो तो मुझे लगता है कि इसके लिए मैं ही दोषी हूं।' 'नहीं ऐसा मत सोचो। यदि यह दोष है तो भी बराबर की हकदार हूं। जानती थी सुम्हारे साथ नहीं रह पाऊंगी। पिर भी जो कदम उठाया वह मेरी मर्जी थी। बहुत कोशिश की शादी करने की। लेकिन मन तैयार ही नहीं हो सका। अधूरे मन से चीजें कहां सफल होती हैं? जब रोज तुम्हें देखने की इच्छा होने लगी, बात किए बिना चैन नहीं मिलता था तो मैंने तुम्हें बिना बताए शहर छोड़ने का फैसला कर लिया। यहां आकर तकलीफें बढ़ीं लेकिन मुझे पता था इस पर अकेले काबू पाना है। तुम्हारा सहारा नहीं है। इस अकेलेपन ने ही मुझे सबसे बड़ा संबल दिया।'

जब मैं उससे जुड़ा था तो नीता और मेरे बीच वैचारिक मतभेद थे। कभी-कभी वैचारिक असमानता हमें अपनों से ही दूर ले जाती है। मगर यह आकांक्षा अपर्णा के सान्निध्य में बिलकुल शांत रहती। नीता के लिए मेरी रचनात्मकता के कोई मायने नहीं थे। अपर्णा इसके उलट थी। वह मुझे हमेशा अच्छा लिखने के लिए प्रेरित करती, पसंद आने पर दादा देती और नापसंदकी पर बेबाकी से राय देती। ऐसी ही छोटी-छोटी बातें मुझे उसके करीब ले गईं। जब वह मुझे छोड़ कर गईं तो कुछ दिन समझ नहीं आया क्या करूं। कई लोगों से उसके बारे में पता किया पर नतीजा सिफर रहा। बहुत खुल कर मैं उसके बारे में पूछ भी नहीं सकता था। फिर धीरे-धीरे मसरूफियत बढ़ती गई। लेकिन जब कोई पल उसकी याद ले आता तो बाकी दिन गुजारना मुश्किल हो जाता।

बाहर चिड़ियाओं की चहचहाहट हुई तो मैंने घड़ी पर नजर डाली। छह बजने को थे। हम सारी रात बतियाते रहे थे। 'तुम्हें रोशनी होने के पहले निकल जाना चाहिए।' उसने दीवार की ओर देखते हुए कहा। मैं खड़ा हो गया। जाने को मुड़ा तो उनसे मुझे पीछे से बांहों में घेर लिया। मैं पलटा और उसका माथा चूम लिया। वैसे ही जैसे पहली बार अकेले मिलने पर चूमा था। हम साथ नीचे साथ आए। निशब्द एक-दूसरे का हाथ पकड़े। मद्धिम प्रकाश फैलने लगा था। इक्के-दुक्के लोग सेहत के

लिए बाहर आ गए थे। 'तुम मुझे माफ कर सकोगी?' मेरा गला भर आया। 'ऊंहू' वह ऐसे हंसी जैसे जलतरंग का कोई सुर छेड़ दिया गया हो। 'मैंने अगले जन्म में भगवान से तुम्हें मांग लिया है।' उसने अपनी गरदन को छुआ। 'मैं यहां रह कर उसी का इंतजार कर रही हूं।'

जीत

'मीरा, आज खाना मत बनाना। शाम को रसोई का काम नहीं रहेगा। इसलिए तुम सुरेश से मिल आना। कब से कह रही हो,' अलका ने कहा और तैयार होकर ऑफिस के लिए रवाना हो गई। कार में बैठते हुए उसने सोचा आज कितने दिनों बाद वह घर पर अकेली रहेगी। न जाने कितने दिनों के बाद उसने खुद को अकेले रहने का मौका दिया है, वरना मीरा हमेशा साथ रहती है। उसने मीरा को जाने की सहर्ष अनुमति दे दी, शायद वह खुद को परखना चाहती थी, वैसे ही जैसे कोई मास्टर बच्चे को पढ़ा कर अपनी मेहनत की सफलता जांचने के लिए बच्चे की परीक्षा लेता है। क्या करेगी वह खुद को परख कर? ये बातें उसके जीवन में क्या मायने रखती हैं? वह आज भी तय नहीं कर पाई है कि वह अकेलेपन से घबराती है या अकेलेपन में आ जाने वाली उन यादों से, जो पुराने किराएदार की तरह आज भी उसके अंदर कब्जा जमाए बैठी हैं। पहले उसे लगता था कि वह अकेली रहती है, इसलिए अभय को इतना याद करती है। फिर धीरे-धीरे उसने जाना कि वह दूसरे लोगों के साथ रहे, तो भी अभय उसे याद आ जाता है। किसी के साथ रहने से बस इतना फर्क पड़ता है कि वह यहां-वहां की बातों से खुद को बहला पाती है। ड्राइवर ने दरवाजा खोला, तो उसकी तंद्रा टूटी।

कार से बाहर आई, तो जाड़े की गुनगुनी धूप अच्छी लगी। ऑफिस के अहाते पर उसने नजर दौड़ाई, कितनी हरियाली है यहां। अंग्रेजों के जमाने की यह इमारत उसे बहुत पसंद है। लगता ही नहीं कि यह इमारत इस भीड़-भाड़वाले शहर का ही एक हिस्सा है। लाल रंग के छोटे-छोटे हिस्सों में बंटा आकाशवाणी का यह दफ्तर उसे अपने घर से ज्यादा सुकून देता है। कार्यक्रम अधिकारी के रूप में जब वह इंदौर आई थी, तो उसे यकीन नहीं था कि इतनी जल्दी यहां के माहौल में घुल-मिल

जाएगी। अपने कमरे में दाखिल होते वक्त उसकी नजरें सामने लगे आदमकद शीशे पर टिक गईं। एक पल को वह ठिठक गई। खुद को गौर से देखा, कहीं कुछ नहीं बदला था इन दो सालों में। वह वैसी ही थी, सांवली, इकहरी और करीने से कटे बालों को हमेशा बांध कर रखने वाली। बस कुछ बदला था, तो उसका पहनावा। अब वह सिर्फ साड़ियां पहनने लगी थी। उसकी नजरें फिसलती हुई अपने पैरों में पड़ी कोल्हापुरी चप्पलों पर जा ठहरीं। कभी कितने शौक से खरीदा करती थी। अब इसलिए खरीदती है, क्योंकि यही पहनने की आदत हो गई है। कितनी बार दफ्तर में सविता जी ने टोका है, 'हील पहना करो लड़की। इससे साड़ी में अलग लुक आता है। और यह क्यों बूढ़ों की तरह हमेशा, क्रीम, बेज रंग पहना करती हो, शोख रंग पहनने की अभी तुम्हारी उम्र गई नहीं है। मुझे देखो, तुमसे कम से कम आठ साल बड़ी हूं, पर कलर्स के मामले में नो लाइट शेड्स।'

वो कैसे बताती कि उसने हील पहनना किस के लिए छोड़ा था। अभय की ऊंचाई उसके बराबर ही थी और वह उससे लंबी न लगे इसलिए...और रंग? वो तो अब उसने ऐसे पहनने शुरू किए हैं। पैंतीस की उम्र में ही वह चाहती है कि अब उसे प्रौढ़ समझा जाए। जब जिंदगी में ही कोई रंग नहीं बचा, तो कपड़ों से खुद को क्या छलावा देना। अपने दर्शन पर खुद ही मुस्करा दी। चोर निगाह आसपास डाली कहीं कोई देख न रहा हो उसे खुद को इस तरह निहारते हुए।

बाहर शोर सुन कर उसने मणिराम को आवाज दी, 'मणिराम, बाहर इतना शोर क्यों हो रहा है?'

'जी, आज वो आवाज वाली परीक्षा है न, इसी वास्ते बहुत सारे बच्चे आए हैं।'

ओह, वह तो भूल ही गई थी। उसने ऑडिशन के लिए आने वाली लड़के-लड़कियों की लिस्ट पर नजर डाली और लिस्ट लेकर स्टूडियो की ओर चल पड़ी। बाहर भीड़ देखी, तो दंग रह गई। महीने में सिर्फ एक प्रोग्राम मिलेगा, इसके बावजूद इतने लोग। ज्यादातर कॉलेज स्टूडेंट। एक उड़ती निगाह उसने चेहरों पर डाली। ताजगी से भरे हंसते-बतियाते चेहरे। कितना सुकून है इन चेहरों पर, चिंता की कोई लकीर नहीं, परेशान की कोई शिकन नहीं। वह अपने ख्यालों में खोई हुई चली जा रही थी कि कोने में पड़ी बेंच पर बैठे एक जोड़े को देखकर ठिठक गई। एक-दूसरे का हाथ था दोनों पता नहीं किस दुनिया में खोए थे।

खिलखिला कर हंसती और बार–बार पलकें झुकाती उस लड़की को देखकर उसे लगा कि वह यहीं खड़ी होकर दोनों को बस देखती रहे। क्या कोई किसी से इतना प्यार कर सकता है कि भावनाओं का गुलाबीपन गालों पर उतर आए। चलने को हुई तभी दोनों का ध्यान उसकी ओर गया। लड़की ने अचकचा कर अपने हाथ छुड़ा लिए और थोड़ा सा दूर हो गई। लड़के ने बड़ी अदा से अपने बालों पर हाथ फिराया और ऐसी नजरों से देखा जैसे कहना चाह रहा हो दो प्रेमियों को डिस्टर्ब करना अच्छी बात नहीं है। उसने भी अपनी नजरें ऐसे फेरीं जैसे बस यों ही कुछ देखने के लिए रुक गई हो और उसे पता भी नहीं कि सामने कौन बैठा है। वह तेज कदमों से चलती हुई स्टूडियों के अंदर आ गई। उसकी सांस धौंकनी की तरह चल रही थी, जैसे उस लड़की की जगह वह थी और किसी ने उसे देख लिया हो।

देर शाम जब उसने घड़ी पर नजर डाली तो सिर्फ 8 बजे थे। पूरे दिन अलग–अलग आवाजें सुनने के बाद उसका मन कर रहा था कि अब कुछ न सुने। यदि थोड़ी देर के लिए लोगों को 'म्यूट' किया जा सकता, तो कितना अच्छा होता।

पर चाहने से कहां कुछ हो पाता है। उसके मुंह से एक आह निकली। वो भी तो कितना कुछ चाहती थी पर...पर उसमें से कुछ भी तो नहीं पा सकी। फुरसत पाते ही उसे फिर वही रक्तिम गाल, बार–बार झुकती पलकें और घबरा कर हाथ छुड़ाना याद हो गया। पता नहीं कब खुदबखुद उसका दायां हाथ माथे को छू गया, जैसे रास्ते पर कोई मंदिर दिखने पर छू जाता है। वह नहीं चाहती थी उसकी नजर किसी के प्यार को लगे। पहले उसका मन किया कि कुछ देर और दफ्तर में बैठ कर लिस्ट फाइनल कर दे, मगर आज फिर उसे अतीत में खो जाना अच्छा लग रहा था। वह उस पल को याद करना चाहती थी जब अभय ने पहली बार इंडिया गेट के लॉन में एकांत में उसका हाथ पकड़ लिया था, वो भी कितनी दिलेरी से। उसे याद करना अच्छा लग रहा था कि हाथ पकड़ने के बाद अभय ने पूछा था, 'कैन आई होल्ड यूअर हैंड ?' और वह सिर्फ मुस्कुरा कर देखती भर रही थी। उसे खुद अभय का स्पर्श अच्छा लग रहा था। वह खुद नहीं चाहती थी कि अभय उसका हाथ छोड़े। कितना सुखद था, वो पुरुष स्पर्श। उस दिन उसने पहली बार जाना था कि बिना कहे भी छुअन कितना कुछ कह देती है। कल ही की तो बात है जब उसने कसम खाई थी कि वह अब अभय को बिल्कुल

याद नहीं करेगी। लेकिन ऐसी कसमें तो वह रोज खाती है और रोज ही तोड़ती है। वह क्या करे, एक याद ही तो है, जो उसका साथ नहीं छोड़ती। काश, जिंदगी 3 घंटे की फिल्म होती। कम से कम सुखांत या दुखांत कुछ तो अंत होता। यहां तो पता ही नहीं चलता कल क्या सामने आ जाए?

अब उसे लगने लगा है कि वह अभय को भूलने की जितनी कोशिश करती है, दिल किसी जिद्दी बच्चे कर तरह बार-बार उसकी यादों में खो जाता है। कभी-कभी तो ऑफिस में पता ही नहीं चलता कि कैसे घंटा बीत गया और उसने फिल्म की तरह उसके साथ बिताए पलों को नजरों के सामने फिर देख लिया। पर वास्तव में वह उन पलों को सिर्फ देखती कहां थी, वह तो उन पलों को फिर से जी लेती थी। खुद को समझाने की कोशिश में वह कई बार अपने आपसे इतनी नाराज हो जाती थी कि खाना नहीं खाती। यह उसका खुद को सजा देने का तरीका था। लेकिन सिर्फ भूखे रहने भर से अभय मिल जाता तो वह जीवनभर अन्न त्याग का व्रत ले लेती। वह जितना अभय को भूलने की कोशिश करती, मन उतने ही नए तरीके उसे याद करने के खोज लेता। और आज, आज भी तो वह यही कर रही थी। उसकी आंखों में पनीला परदा लहरा उठा। दिल किया चीख-चीख कर पूछे, 'वही क्यों अपना प्यार नहीं पा सकती? जब दुनिया में इतने लोग प्यार करते हैं और उसे पा लेते हैं, ईश्वर ने उसी के हिस्से में यह खुशी क्यों नहीं डाली?' उसकी आवाज अंदर ही घुट गई। उसने अपना पर्स उठाया और तेजी से बाहर निकल आई।

घर में घुसते ही उसकी रुलाई फूट पड़ी। उसे सोच कर ही सुकून मिला कि मीरा घर पर नहीं है। वरना उसे जवाब देना मुश्किल होता कि वह किसलिए इतना रो रही है। यह एक ऐसी पीड़ा थी, जिसे वह किसी से बांट भी नहीं सकती थी। किससे कहती कि उसने उस उम्र में प्यार किया है जब लड़कियां बच्चों की परवरिश की चिंता करती हैं। उसे उस पुरुष के बिना जीने की कल्पना करना कठिन लगता है जिसके दिल में उसके लिए कोई जगह ही नहीं है। किससे कहती जब वह उस पुरुष से ही नहीं कह पाई। कहने को तो उसके पास बहुत बड़ा परिवार था। तीन भाई, भाभियां, उनके बच्चे और झुर्रियों से भरे चेहरे और कांपते हाथों वाले माता-पिता। दफ्तर में लंबा-चौड़ा स्टाफ था, पर वे सिर्फ उसके सहयोगी थे, आत्मीय नहीं। और जो आत्मीय हैं उन्हें यह सब बता कर

वह दुख देना नहीं चाहती। भाइयों की अपनी दुनिया है, जिंदगी है जहां उसके लिए स्नेह में कोई कमी नहीं, पर उसके शादी न करने के फैसले पर समर्थन के लिए जगह नहीं है। सभी उससे कारण पूछते हैं और वही उसके पास नहीं है। वह भी तो अभय से उसे यों अचानक छोड़ देने का कारण जानना चाहती थी। जब वह इसका कारण नहीं जान पाई तो किसी को क्या बताए। उसका स्वाभिमान अभय से बार-बार वही प्रश्न करने से कतराता रहा और वह बिना कारण जाने अकेली रह गई।

उसने अपने कमरे की दीवार पर नजरें जमा दीं। दीवार पर उसके परिवार की तस्वीरें टंगी थीं। तस्वीरों से झांकती उनकी मुस्कान के बीच उसे अपना भी हंसता चेहरा नजर आया। हंसते हुए वह कितनी अच्छी लगती थी। कितने शौक से उसने ये तस्वीरें यहां लगाई थीं, ताकि घरवालों के चेहरे सामने रहें। उसे लगता था कि इससे उन लोगों से दूर रहने का अहसास कम होगा। हर आगंतुक को वह आज भी बताती है, 'ये जो दायीं ओर हैं ये मेरे सबसे बड़े भाई साहब हैं, और ये जो नीचे बैठे हैं ये दूसरे वाले भाई साहब के जुड़वां बेटे। और मां-बाप वे तो ये रहे ऊपरवाली तस्वीर में और ये जो उसके पास छोटी तस्वीर है, इसमें मेरी तीनों भाभियां हैं।' अब उसे लगता है कि तस्वीरें परिवार का चेहरा हो सकती हैं परिवार का विकल्प नहीं, वरना उसे रोज यों सिसकते देख यह परिवार चुप रहता? मन की उधेड़बुन उसे नींद के आगोश में ले गई।

सुबह मीरा न आती, तो वह पता नहीं और कितनी देर सोती रहती। आते ही मीरा ने अपनी पतली आवाज में झिड़का, 'ये क्या दी, तुमने रात साड़ी भी नहीं बदली? और ये खाना बिल्कुल वैसा ही रखना है, अरे तुमने दूध भी नहीं पिया। मैं न रहूं, तो क्या तुम भूख हड़ताल कर दोगी? बताओ खाना क्यों नहीं खाया?' वह चुपचाप सुनती रही उसे पता है मीरा को जवाब देने से कोई फायदा नहीं। यदि झूठ बोलती कि बाहर खा आयी थी, तो किसके साथ गई थी, कहां गई थी सब उसे बताना पड़ेगा। वह चुपचाप उठी और बाथरूम में चली गई।

पूरा दिन दफ्तर में बैठकर ऑडिशन के कैसेट सुनती रही। इतने लोगों में मात्र 7 आवाजें ऐसी थीं, जिन्हें वह मौका दे सकती थी। उसने फाइनल लिस्ट बनाई और मणिराम को दे दी।

एक सर्द सुबह जब वह ऑफिस पहुंची, तो कुछ बच्चे गुनगुनी नरम धूप में उसी का इंतजार कर रहे थे। एक उड़ती निगाह उसने सभी पर

डाली, गहरे नीले रंग के दुपट्टे पर उसकी निगाह जम गई। वही गुलाबी चेहरा सामने था। वैसा ही मुस्कराता हुआ। बस आज पलकें स्थिर थीं, उसे देखती हुई एकटक, सामने से होंठ कमान की तरह खिंच गए, प्रतिक्रिया में वह भी मुस्करा दी। वह बारी-बारी से सभी को उनके कार्यक्रम के कॉन्ट्रेक्ट देने लगी। जब उसकी बारी आई, तो उसने गौर से लिफाफे को देखा, सुरभि प्रसाद।

पहले दिन की औचारिक मुलाकात ने आत्मीयता का रूप धर लिया। जब भी सुरभि प्रोग्राम देने आती, वह उसके साथ कैंटीन में जरूर बैठती। किसी और के साथ शायद ही वह कैंटीन गई हो। सुरभि इतन बोलती, फिर भी उसे लगता कि वह बस बोलती रहे और वह चुपचाप उसकी दुनिया जहान की बातें सुनती रहती। उसका मन करता कि वह सुरभि से पूछे कि वो हाथ पकड़ कर बैठनेवाला कहां है? पर उसे लगता यह अशिष्टता है। जिज्ञासा पर तहजीब हावी हो जाती और उसके होंठ सिल जाते। कभी-कभी उसे सुरभि पर बड़ा गुस्सा आता। वह इतनी बातें करती है, पर बस उसी के बारे में नहीं बताती। फिर उसे याद आता अपने प्यार के बारे में बात करना उसे भी कहां पसंद था।

बाकी सब वैसा ही चल रहा था। बस मौसम धीरे-धीरे बदल रहा था। सूरज ने अपने तेवर दिखाने शुरु कर दिए थे। कुछ दिनों से उसने महसूस किया कि मौसम के बदलाव सुरभि के चेहरे पर ज्यादा दिखाई पड़ रहे हैं। अब वो प्रोग्राम के बिना भी उससे मिलने आने लगी थी। उस ने बहुत जोर देकर पूछा, तो सुरभि बोल पड़ी, 'शादी हो रही है मेरी, इसी महीने।'

'पर ये तो खुशी की बात है, तुम घुटने तक मुंह लटका कर क्यों बोल रही हो? और दूल्हे राजा तो वही हैं न?' खुद को रोकते-रोकते भी वह यह आखिरी वाक्य बोल ही गई। सुरभि ने इंकार में सिर हिला दिया। जतन से रोकी गईं दो बड़ी बूंदें गालों से लुढ़कती हुई गरदन पर बह गईं। उसने घबरा कर सुरभि के हाथ पकड़ लिए। अब कुछ पूछना बाकी नहीं था, फिर वह कारण जानने के लिए बेचैन थी। बाद में उसे पता चला कि वो सुरभि से शादी नहीं कर सकता, क्योंकि उसका परिवार इसके लिए नहीं मानेगा। सुरभि ने बड़े दार्शनिक अंदाज में उससे कहा, 'मैं उससे आज भी प्यार करती हूं, पर जब उसे मेरे प्यार की परवाह नहीं, तो मैं क्यों अपना और अपने परिवार वालों का जीवन नरक बनाऊं? उसकी याद में जलते रहने से मुझे क्या हासिल होगा, सिवाय

अकेलेपन के। यदि वो मेरे बिना जीवन गुजार सकता है, तो मैं क्यों नहीं ?' अंदर तक कहीं गहरे उसके मन में ये बातें उतर गईं।

भारी मन से जब वह घर लौटी, तो अभय की यादें उसके साथ ही थीं। आदत के अनुसार उसने अपना एलबम खोला और अभय की तस्वीर निहारने लगी। हर पन्ना पलटने पर उसे बीता कल याद आने लगा। एक तस्वीर पर उसकी निगाह ठहर गई। यह उसका और अभय का आखिरी फोटो था। उसके बाद अभय उससे कभी नहीं मिला। पहले दोनों के बीच संवादहीनता के दायरे बढ़े और अब दूरियां बढ़ गईं थी। उसे सुरभि की बातें याद आईं। वह क्या कर रही है ? जानबूझ कर उसने इस संन्यास का वरण किया है। अपने साथ परिवारवालों को दुख पहुंचा रही है, जो उसके शादी न करने के फैसले से परेशान हैं। उसे उन्हें दुख पहुंचाने का कोई हक नहीं बनता। आखिर क्यों वह इस चक्रव्यूह से बाहर नहीं आ पाती। शायद इसलिए कि वह कोई फैसला नहीं करना चाहती थी।

अपने ख्यालों में खोई हुई वह बरामदे में आई, तो थम-थम कर बरस रही फुहार मूसलाधार बारिश बन गई थी। सामने बगीचे में बच्चे किसी जलपक्षी की तरह अठखेलियां कर रहे थे। कुछ बच्चे पानी को रोकने के प्रयास में मिट्टी में मेढ़ बना रहे थे। वे जितनी मिट्टी उसमें लगाते, तेज धार आकर उसे बहा ले जाती। बच्चे मां की डांट खा फौरन घर की ओर चल पड़े, लेकिन उसे जीवन का बहुत बड़ा सबक पढ़ा गए। आज तक अभय की यादों के साथ वह भी तो यही कर रही थी। उसने भी अपने तटबंध खोल दिए। जब अभय को भूलने का कोई रास्ता न मिला, तो उसने खुद पर से....सख्ती हटा दी। वह उसे भूल जाने की जगह रोज याद करने लगी। हर पल, हर घड़ी। वह अभय को इतना याद करती कि इसके सिवाय उसे कुछ याद ही न रहे। दफ्तर में काम के बीच में यदि वो चुपके से दिमाग में चला आता, तो वह सारे काम रोक कर दिमाग के साथ दिल के भी दरवाजे खोल देती। बिना तनाव के वह सब सोचती, जो वह वास्तव में अभय के साथ चाहती थी। उस जीवन की कल्पना करती, जो वह उसके साथ गुजारना चाहती थी।

यादों का बेलगाम घोड़ा दौड़ते-दौड़ते अपने आप थकने लगा। वह याद उसे पहले भी इतनी ही शिद्दत से करती थी, मगर मन में एक अपराधबोध होता था। एक ग्लानि के साथ जब याद आती थी, तो वह टुकड़ों में बंट जाती थी। अब ऐसा नहीं था, इसलिए एक ही बात

सोचते-सोचते दिमाग थकने लगा। नया तो उसके पास कुछ था नहीं, जो था बस अतीत था। अभय अब मिलता नहीं था, उससे बात नहीं होती थी, तो दिमाग को ख्याली पुलाव पकाने के लिए सामग्री कहां से मिलती? लंबी झुलसती दुपहरी के बाद जैसे शाम की ठंडक अच्छी लगती है, वैसे ही उसे आज दिल से बोझ उतरता महसूस हुआ। तेज धूप के बाद रात खूब जोरों की बारिश हुई थी। हर पत्ता, हर शाख यहां तक कि सूर्य की किरणें भी ज्यादा चमकीली लग रही थीं। आज उसके मन का आईना भी साफ था, बिल्कुल ऐसा धुला जैसे बाहर की फुहार अंदर भी पड़ी हो। उसने अलमारी खोली और गहरे सिंदूरी रंग की सलवार, कमीज निकाल ली। आज शाम सुरभि की शादी में वह यही पहनेगी। कब से सोच रही थी कि क्या पहने। उसने महसूस किया कि किसी निर्णय पर पहुंच जाना ही आधी दुश्चिंताओं को जीत लेना है। कितने दिनों से खुद से ही हारती आ रही है। उसने खुद को आइने में देखा। अपनी ही आंखों में अजीब सी चमक देखी। उसे अच्छा लगा देर से ही सही उसने खुद को जीत लिया है।

चिराग

पुनिया ने हौले से गूंजा का हाथ पेट से इस तरह हटाया कि उसकी नींद न खुले और सरक कर पलंग से उतर गई। बाहर सुबह की रोशनी का एक भी कतरा नहीं था। बस आसपास लगीं चमकदार बल्बों की झालरें अंधेरा न होने का आभास दे रही थीं। हर तरफ सन्नाटा था। बस बीच-बीच में कहीं से छुटपुट लड़ छूटने या बम की धमाकेदार आवाज के सन्नाटे को तोड़ देती थी। इतनी सुबह भी लोग पटाखे छुड़ाते हैं उसने मन में सोचा। क्या पता लोग रात भर ही पटाखे छुड़ाते रहे हों और उसे ही पता न चला हो। पुनिया ने अंदाजा लगाया कि सुबह के साढ़े तीन या चार बजे से ज्यादा का समय नहीं हुआ होगा। हवा में ठंड नहीं थी, लेकिन एक अजीब खुनक थी, जिसने पुनिया के शरीर में हल्की झुरझुरी पैदा कर दी। उसने आंचल को कस कर अपने ऊपर लपेटा और चुपचाप खड़ी हो कर सामने के घर को देखने लगी। जगमगाती इतनी रोशनी के बीच बस वही अकेला घर था, जो अंधेरे में डूबा हुआ था। न जगमग बिजली के बल्बों की लड़ियां न हवा से झूला झूलता आकाशदीप। उस घर में सब कुछ शांत था। पुनिया को वह अंधेरा कहीं अंदर तक खल गया। उसने डबडबाई आंखों से एक बार और घर को देखा और आंखें बंद कर दीं। दो बूंदें लुढ़क कर गालों पर बह गईं। उसने अहाते से बाहर निकल कर मकान के बरामदे में कदम रखा और उसके अभ्यस्त हाथों ने स्विच दबा दिया। पल भर पहले अंधेरे में डूबा बरामदा ट्यूबलाइट की दुधिया रोशनी में नहा गया। उसने बुहारी उठाई और आंचल को कंधे से हटा कर कमर में खोंस लिया।

दिन चढ़ने के पहले पूनिया पूरा घर बुहार कर दालान में बड़ी दरी बिछा चुकी थी। नौ बजते न बजते लोग आने लगेंगे। लेकिन इस बार न बच्चे पटाखों के लिए मचलेंगे न किसी को मनुहार कर मिठाई खिलाई

जाएगी। न शाम दीए जलेंगे न खील-बताशे का प्रसाद बांटा जाएगा। कितना अजीब होगा सब कुछ। जब से वह इस घर में आई है, पहली बार होगा कि इतने बड़े त्योहार पर यह घर बेरौनक रहेगा। पुनिया को वह पहली दीवाली याद आ गई जो उसने इस घर में मनाई थी। इतनी रौनक तो उसके मायके बीकानेर में कभी नहीं हुई। जब वह अलका दीदी के साथ इस घर में आई थी तो उसे कभी लगा ही नहीं कि वह सिर्फ परंपरा के निर्वहन के लिए उनके साथ यहां आई है। उसकी मां भी अलका की मां के साथ दहेज में आई थीं और वह भी अलका के साथ शादी के बाद यहां चली आई थी उनके साथ इस शहर में। यहां बेशक राजस्थानी परिवारों की कमी थी, लेकिन अलका का ससुराल था कि पूरा राजस्थान ही घर में बसता था। 30-35 लोगों का संयुक्त परिवार। हमेशा ही रौनक लगी रहती थी। रसोई राजस्थानी पकवानों से महकती रहती। कोई भी त्योहार हो ऐसा हल्ला-गुल्ला मचा रहता जैसे पूरे शहर में बस इसी घर में त्योहार मनाया जा रहा हो। दीवाली पर कम से कम हजार दीए से पूरा घर सजाया जाता। बड़े बाबाजी बिजली के बल्ब लगाने के सख्त खिलाफ थे। अलका बीबीजी चटख रानी रंग का लहंगे-ओढ़नी पहन कर सिर पर बोर बांध कर सजतीं तो साक्षात लक्ष्मी लगतीं। पुनिया का मन करता बस वह उन्हें देखती रहे। अपनी सोच में दीवार से टिकी पुनिया को लगा कोई उसे झंझोड़ रहा है। 'अम्मा'

'अम्मा क्या हुआ?'

'कुछ भी तो नहीं।'

'फिर ऐसे क्यों खड़ी हो यहां दीवार से सर टिकाए।'

'कुछ नहीं थोड़ी थकान लग रही थी। आज सुबह जल्दी उठ गई थी न। और पूरा घर एक सांस में बुहार गई तो लगा थोड़ा सुस्ता लूं।'

पूनिया ने अटपटी निगाहों से हर सामान को घूरती अपनी बेटी गूंजा का चेहरा देखा। उसका मन भर आया। 'अम्मा ये कौन हैं?' गूंजा ने पूछा तो पूनिया ने गूंजा की निगाहों का पीछा करते हुए उस चेहरे को खोजा। चेहरा देखते ही उसका कलेजा मुंह को आ गया। पिचके गालों और दुबली देह के साथ उसकी साक्षात लक्ष्मी जैसी दिखने वाली अलका दीदी खड़ी थीं। 'ये...' उसके शब्द कंठ में ही अटक गए। 'गूंजा तू अभी भीतर चल बेटा।'

'बताओ न अम्मा वे कौन हैं। देखो मुझे कितने प्यार से देख रही हैं।'

'वो मालकिन हैं हमारी अलका दीदी।'

'ओह। पर ये तो उस तस्वीर से अलग लग रही हैं जो तुमने मुझे कल दिखाई थी।'

'...'

'ये इतनी उदास क्यों लग रही हैं अम्मा।'

'चल बेटा हम थोड़ी देर बाद आएंगे।'

'क्यों अम्मा। देखने दो न मुझे भी। कितने लोग आ रहे हैं। और तुम हो कि मुझे किसी के बारे में कुछ नहीं बता रही हो।'

'बेटा तू भीतर चल मैं सब कुछ बता दूंगी।'

पुनिया को लगा वह बेटी को क्या बताए। जिस मालकिन के साथ वह आई उन्होंने ही उसकी शादी कराई, उसके पति को भी अपने पास रखा। कभी नौकर मालिक का संबंध नहीं रखा। वह हमेशा उन्हें उन्हें अलका दीदी ही कहती रही। जब गूंजा हुई तो उन्होंने उसे अपनी बेटी की तरह माना। अपनी बेटी दीया और गूंजा में उन्होंने कोई फर्क नहीं रखा। गूंजा तीन साल छोटी थी दीया से। पर कभी पहनने को उसकी उतरन नहीं दी। हमेशा नए खिलौने और कपड़े। जो दीया के लिए आता वही गूंजा के लिए। छह महीने बाद ही पता चल गया था पुनिया को कि गूंजा की आंखों में ज्योति नहीं है। इतनी सुंदर कंचे की तरह आंखें खाली हैं। बिना रोशनी की। दीया जब भी आती उस आउटहाउस में घंटों बैठी रहती। अपने स्कूल के किस्से सुनाती, तरह-तरह की बातें बताती और गूंजा उससे ढेरों प्रश्न करती रहती। वह दीया से पूछती, 'दीया दी तुम तितली के बारे में कल बता रही थी न? वो कैसी होती है?' दीया उसके गालों पर हाथ रखती और कहती, 'बिलकुल तुम्हारे गालों की तरह मुलायम। ऐसी ही नर्म।' पुनिया हमेशा गौर करती थी वह रंगों के बारे में गूंजा के सामने कभी कोई बात न कहती। लेकिन उसकी पूरी कोशिश होती थी कि वह उसे प्रकृति की और चीजें जरूर महसूस कराए। उसी की वजह से तो गूंजा को शहर से दूर एक अंध विद्यालय में रख दिया गया था। गूंजा गई तो पुनिया का मन भारी हो गया। लेकिन लड़की सयानी होने पर अपना काम खुद करना सीख जाएगी और थोड़ा पढ़-लिख भी लेगी यह संतोष कर पुनिया ने दिल पर पत्थर रख लिया।

'अम्मा एक हफ्ते से भी ज्यादा हो गया मुझे अस्पताल से लौटे। तुमने कहा था मैं जैसे ही वापस आऊंगी तुम मुझे दीया दी से

मिलवाओगी। चलो न बंगले में।'

'बस और दो-चार दिन रुक जाओ। हम सबसे मिलने चलेंगे। अभी डॉक्टर ने तुम्हें ज्यादा रोशनी में निकलने से मना किया है। न।'

'तो तुम दीया दी को यहीं बुलवा लो न। प्लीज।'

'हां शाम को जरूर कह दूंगी। अब जिद नहीं करो और जब तक मैं न लौटूं अंदर ही रहना।'

'लेकिन शाम को तुम दीया दी को जरूर साथ में ले आना।'

पुनिया भारी कदमों से बाहर निकली और बंगले में चली गई। अब वह उसे क्या बताए कि इतनी भीड़ उस दीया के लिए ही लगी। दीया...जो पता नहीं क्यों रूठ कर चली गई। इतनी दूर कि अब कोई उस तक नहीं पहुंच पाएगा। दीवाली की शाम घिर आई थी। हर घर में दीए जगमग कर रहे थे। पटाखों की कानफोड़ू आवाज गूंज रही थी। पुनिया घर पर बैठी दीए के लिए बाती बना रही थी। कम से कम पांच दीए तो वह रख ही दे। उसे संकोच था कि कैसे वह दीए जलाए। उसके लिए आज दिन इतना खुशी का था। उसकी बेटी की आंखों के दीए जल गए थे लेकिन एक दीया था जो बुझ गया था। वह सोच में डूबी बैठी थी कि दरवाजा हल्के धक्के से खुल गया। वह अवाक रह गई। सामने अलका खड़ी थी। वह उठी और सिर्फ इतना ही कह पाई, 'अलका दी आप, मुझे बुला लिया होता।'

अलका बिना कुछ कहे हल्के से मुस्कराई और बोली, 'शाम घिर आई है, तूने दीए नहीं जलाए पूनो।'

'दीदी...' वह नपे कदमों से गूंजा के पास आई और उसकी पलकों को चूम लिया। गूंजा बिना समझे उनके चेहरे को देखती रही। वह समझ ही नहीं पा रही थी कि क्या हो रहा है। उनकी आंखों से आंसू बहने लगे। रुंधे गले से उन्होंने कहा, 'पगली दीया चली गई तो क्या हुआ। वह गूंजा के दो चिराग तो रोशन कर गई है। मेरे लिए तो अब हर दिन दीवाली है। मैं गूंजा के इन दो चिरागों को देख कर ही जी लूंगी। जाओ गूंजा को बाहर ले जा कर रोशनी दिखाओ। तुम्हें पता है न दीया को रोशनी कितनी पसंद थी।'

प्रश्न

सावित्री क्या कहे, किससे कहे ? सावित्री परेशान है। रह-रह कर वह सवाल मन में उमड़ता-घुमड़ता उसे परेशान कर रहा है। हर सवाल का जवाब होता है उसके पास। पर...पर यह सवाल है कि सुबह से चींटियों की तरह शरीर पर रेंग रहा है और वह कुछ नहीं कर पा रही। आखिर क्यों ? या कहीं ऐसा तो नहीं वह बेकार ही सब से बहस कर बैठी है और जीतने की जिद कर रही है। पर वह गलत भी कहां है ? क्या किसी के कहने भर से वह मान ले कि नैतिकता खत्म हो गई है। वह सोच रही है, सोचना चाहती है, लेकिन यह बस वाला है कि कान के पास चिल्लाए ही जा रहा है। मगर यह बस कहां है ? यह तो टेम्पो है टेम्पो। इसी शहर में देखी है उसने यह अनोखी सवारी गाड़ी। ऐसी जैसे किसी काले असुर ने पीली टोपी पहन ली हो। इन बस वालों नहीं, टेम्पो वालों को बस एक ही बात बोलनी आती है, खुल्ले पैसे।

'अरे भाई खुल्ले पैसे नहीं हैं मेरे पास।'

'तो फिर अगले स्टाप पर उतर जाइए। चिल्लर मेरे कने भी नी हे।'

'कमाल करते हैं, दिन भर से बस चला रहे हैं, सैकड़ों सवारियां चढ़ी-उतरी होंगी, फिर भी कहते हैं खुल्ले पैसे नहीं हैं।'

'बस ही तो नी चला रिए है मेडम। टेम्पो चला रिए हें।' फिक्क से हंस पड़ा वह। कितनी भारी लगी सावित्री को उसकी बत्तीसी। जगह-जगह फंसे हुए सुपारी के टुकड़ों से भरी पीली-बादामी बत्तीसी।

'अब नी हे तो क्या करें। सब आपके जैसे रईस चढ़ते हैं। हां कलेक्टर, मऊ नाका, राजेन नगर...' कमाल आदमी है। इतनी उपेक्षा। मैं बात कर रही हूं और ये है कि आवाज लगाने से ही फुर्सत नहीं है। सावित्री उससे बहस करना चाहती है। लेक्चर देना चाहती है तमीज पर। लेकिन वह है कि...।

'ठीक है उतार देना अगले स्टाप पर।' सावित्री मन ही मन बुदबुदा रही है...पाजी, गधा कहता है खुल्ले पैसे नहीं हैं। जेब देखो रेजगारी से भरी पड़ी हैं, मगर देने में पता नहीं क्या तकलीफ है।

ब्रेक लगे तो जैसे सावित्री जागी, 'रोकिए भैया'

'अरे मेडम आज कलेक्टर पर ही उतर रिए हो। आप तो रोजाना राजेन नगर पर उतरते हो।'

अच्छा तो ड्राइवर पहचानता है उसे? कितना सुखद लगा। 'आज खुल्ले पैसे नहीं है, कंडक्टर ने कहा यहीं उतर जाओ, बस इसलिए...।'

'अरे आप तो बेठो, मे देखता हूं ये बारीक क्या मगज मार रिया हे आपसे। क्यों रे मेडम को चिल्लर क्यों नी देता?'

'हे ई नी, तो कां से दूं?'

'अरे मेडम तो अपनेइच टेम्पो में आती हे रोजीना। समझा?'

'अरे मेडम ये बारीक नया आया हे, तो आपको पिचानता नी हे। आप तो बेठो, इसके पास यदि चिल्लर नी हुई तो भी पेसे कल दे देना। कईं भागे थोड़ी जा रिए हें।'

इतनी आत्मीयता। कम से कम शुक्रिया तो बोल सावित्री। उसके मन ने झिंझोड़ा। फिर भी पता नहीं क्यों शब्द गले में ही रुक गए। बस मुस्करा भर पाई वह। मन ही मन हंसी, यह 'बारीक' क्या शब्द हुआ। आज सुबोध से जरूर पूछेगी इसका अर्थ। बड़ा अच्छा शहर है यह इंदौर। हर शब्द में सिर्फ 'ओ' की मात्रा। जैसे 'औ' बोलना ही नहीं जानते हों। खुद के शहर का नाम भी लेते हैं, तो इंदोर। वह खुद कितने दिनों बाद जान पाई थी, जहां रहती है वह राजेन नगर नहीं राजेंद्र नगर है। और ये टेम्पो, इसमें भी तो वह पहली बार बैठी है। नहीं-नहीं यहां 'आके।' इंदौरी भाषा की अपनी ज्ञानवृद्धि पर वह खुद ही मुस्करा दी। पर वह प्रश्न...वह तो अब भी यथावत है। वैसे ही जोंक की तरह दिमाग पर चिपका है। सावित्री को लगा उसका सिर फट जाएगा। उसने खिड़की से बाहर नजरें टिका लीं। घर जाते वक्त उसे पता है, बाएं हाथ पर अन्नपूर्णा मंदिर पड़ता है। मुख्य द्वार पर कांक्रीट से बने झूमते हाथी उसे बहुत पसंद हैं। उन्हें देखना वह कभी नहीं भूलती। जब भी शाम को कहीं घूमने की बारी आती वह एक बार यहां जरूर आती है। क्या कल भी सुबोध को यहीं ले आए वह अपने सवाल का जवाब जानने के लिए?

खुद से उलझती जब वह घर पहुंची तो अपने नक्शे फैलाए सुबोध

को दो सहयोगियों के साथ बरामदे में पाया। ओफ्फो कितना कुछ बताना है सुबोध को और यह महाराज हैं कि दफ्तर को अपने घर ही उठा लाए हैं। दूसरे का मकान सुंदर घर में तब्दील हो सके, इसके लिए कितने खूबसूरत नक्शे बनाते हैं सुबोध। लेकिन अपने घर की कोई फिक्र ही नहीं। ड्राइंग रूम में पहुंची तो टेबल पर नजर जाते ही चौंक गई। लता का खत? लेकिन पढ़ने का मन नहीं हुआ। वही घिसी-पिटी बातें कौन पढ़े? और जब तक उसे अपने सवाल का जवाब नहीं मिल जाता वह कुछ नहीं कर पाएगी। हाथ अचानक रिमोट पर पहुंच गया। नीली रोशनी पूरे कमरे में फैल गई। कई चित्र अचानक बनने-बिगड़ने लगे। कैमरा मासूम बच्ची पर टिका था। चाशनी घुली आवाज में रिपोर्टर बच्ची से पूछ रही थी, 'और क्या-क्या करते थे तुम्हारे पिताजी रात में अकेले?' 'गंदा काम,' हर सवाल का बस एक ही जवाब आता, 'गंदा काम।' चाशनी भरी आवाज में नमक घुलने लगा अचानक। 'अरे तो तुम बता नहीं सकतीं कि क्या किया तुम्हारे पिताजी ने?' बच्ची चुप। बच्ची पर झल्लाहट जारी थी, मगर दरिंदे बाप को 'पिताजी' कहना बदस्तूर जारी था। सावित्री को लगा, मिसेज सेनगुप्ता सहित पूरा स्टाफ उस हॉल में मौजूद है। सभी हंस रहे हैं। राजश्री सेनगुप्ता अपने मोटे पेट को हिलाती हुईं जोर से हंस रही हैं और लगातार कहे जा रही हैं, 'यह नैतिकता-वैतिकता कुछ नहीं होती। आप तो महानगर से आईं हैं, फिर भी नैतिकता जैसे शब्द पर यकीन करती हैं?' उन्होंने आश्चर्य से आंखें फैलाईं, जैसे सामने कोई मंगल ग्रह का प्राणी देख लिया हो। जैसे दफ्तर का हर व्यक्ति हॉल में उससे चीख-चीख कर कह रहा हो, 'अपनी आंखों से ही देख लीजिए, चैनल क्यों बदल दिया?' पर चैनल बदलने से भी कहां सुकून है? खुले कपड़ों में लड़कियां कैसी चिपकी-चिपटी घूम रही हैं मर्दों के साथ। धारावाहिक का हर औरत-मर्द किरदार अपने पति या पत्नी से धोखा कर रहा है। एक मर्द के साथ चार औरतों के संबंध। हर औरत के कम से कम दो प्रेमी। कोई लड़की अपनी चाल सफल होते देख अट्टहास कर हंसी। उसके खुले जबड़े में सावित्री को बड़े बाबू के पान से रंगे पीले दांत याद आ गए। अपनी गंदी बत्तीसी दिखाकर कैसे उन्होंने कहा था, 'सावित्री जी, कहीं भी जाइए, व्यभिचार ही अब एक मात्र सच्चाई है।' भद्दे ढंग से बाईं आंख दबाई थी उन्होंने और पिच्च से थूक दिया था। उस वक्त कितना दर्द हुआ था उसे, जैसे बबूल का कांटा बिंध गया हो नरम तलुवे में कहीं गहरे।

लता का खत सामने पड़ा है। पर उसे पढ़ कर भी क्या होगा? उसमें भी तो वही लिखा होगा, जो वह पढ़ना नहीं चाहती। लता भी तो तलाक ले रही है अपने पति से। उसी पति से जिससे उसने कॉलेज में प्रेम किया और घरवालों की मर्जी के खिलाफ शादी। सिर्फ इसलिए कि उसके पति का स्वभाव उसे अलग लगता है। वह भी तो नैतिकता को ताक पर ही रख रही है। आखिर उसने पत्र खोल ही लिया। लता ने लिखा था कि उसने दिल्ली की नौकरी छोड़ दी है। अब वह कमलेश के पास पूना जा रही है। वहीं कोई नौकरी खोज लेगी। यदि नौकरी नहीं भी मिली तो कोई बात नहीं। सावित्री को लगा वह किसी और का पत्र पढ़ रही है। अचानक लता को क्या हुआ। अपने पति के पास लौटने का यह कदम? एक बार लता ने ही सावित्री को बताया था कि उसे कमलेश के साथ रहने का जरा मन नहीं करता। कमलेश जैसे गिलगिले आदमी को बाहों में भर कर प्यार करने का जी नहीं चाहता। सावित्री को तब कमलेश का चेहरा याद हो आया था। सीधा-सादा लगभग चुप रहने वाला कमलेश। इसी चुप्पी पर किसी जमाने में मर मिटी थी लता। तेज-तर्रार लता के आगे न वह पहले टिक पाता था न...।

'तो क्या तुम उसे सिर्फ इसलिए छोड़ दोगी कि वह तुम्हारी तरह तेज नहीं?' सावित्री जितनी तेज आवाज में बहस करने की कोशिश करती, लता उससे भी जोर से चीखती, 'मैं ऐसा कब कहती हूं। वह तेज न हो पर होशियार तो हो।'

सावित्री किस हक से कमलेश का पक्ष ले। वह खुद कभी खुले आम लता को शशांक के साथ घूमने से नहीं रोक पाया। शशांक, लता और वह तीनों एक साथ ही तो थे दिल्ली में। एक ही दफ्तर में। वह शादी कर इंदौर चली आई और आहत कमलेश पूना चला गया। 'पलायनवादी,' यही कहा था उसने कमलेश का फैसला सुनकर। फिर अचानक ऐसा क्या हुआ, जो वह नौकरी छोड़ कर जा रही है, कमलेश के पास? ओफ्फो फिर एक प्रश्न। लेकिन इस प्रश्न का जवाब तो वह पा ही सकती है इस खत को पढ़कर। उसने पढ़ना शुरू किया, 'मैं शशांक के साथ जब भी बाहर गई उसकी नजरों में प्यार कम वासना ज्यादा देखी। लौटती तो कमलेश बरामदे में इंतजार करते मिलते। कभी नहीं पूछते, छोड़ने कौन आया था? अब तक कहां थीं? मैं चेहरे पर सवाल खोजने की कोशिश करती। मैं कपड़े बदलकर बाहर आती तो कुशल गृहिणी की तरह मेज पर खाना लगाते मिलते। मैं खा कर आई हूं,

यह वाक्य भी उन्हें कभी गुस्सा नहीं दिला पाया। अकेले बैठ कर उन्हें खाता देख बहुत गुस्सा आता। सोचती झिंझोड़ कर पूछूं, तुम आदमी हो या... ? लोग तुम्हारी बीवी के बारे में क्या-क्या नहीं कहते और तुम हो कि उत्सुकता से भी जानना नहीं चाहते? एक रात तय कर लौटी कि आज शशांक के बारे में सब कुछ बता दूंगी। उसी रात कमलेश ने बहुत प्यार से कहा 'तुम्हें शशांक की तरह पढ़ा-लिखा पति मिलना चाहिए था। मुझे दुख होता है कि तुम इतनी होशियार हो और मैं कहीं से भी तुम्हारे लायक नहीं हूं।' बस यहीं कमलेश मुझे हरा गए। उनका स्वभाव उनकी गलती नहीं, फिर भी इतनी उदारता। मैं रात भर सोचती रही कि मेरे जीवन का लक्ष्य क्या है। एक मौसम विशेष में आया चंद मिनट का इंद्रधनुष, जो सुंदर तो दिखता है पर हासिल नहीं किया जा सकता। वह नीलवर्णी गगन जो कभी-कभी बदलियों में छुपता जरूर है, पर अपना मूल रंग नहीं खोता। मैं एक ऐसे मर्द के पीछे भाग रही हूं, जिसे एक शादीशुदा औरत को अकेले होटल के कमरे में बुलाने में हर्ज नहीं है, पर अपनी मां से मिलवाने में हर्ज है। वह पहले मुझे कैंटीन में भेजता है फिर खुद आता है। ताकि लोग बातें न बनाएं। प्यार करने का दावा तो करता है पर उसे स्वीकार नहीं कर सकता। बस फैसला उसी क्षण हो गया। मैंने तय कर लिया कि इस्तीफा दे कर कमलेश के पास पूना जाऊंगी।'

अचानक सावित्री को लगा दफ्तर से निकलने के बाद से जो चींटियां रेंग रही थीं, अब वे नहीं हैं। प्रश्न की जोंक ने दिमाग को छोड़ दिया है। कल वह बड़े बाबू और मिसेज सेनगुप्ता को लता की कहानी जरूर सुनाएगी। उन्हें जरूर कहेगी कि नैतिकता टीवी पर खत्म हो सकती है, लेकिन जिंदगी में अब भी बाकी है। लता उसका सुबूत है। और वह बस वाला, बिना किराए के वह भी तो उसे ले कर आया। मतलब आत्मीयता अब भी बाकी है। क्या यह भी नैतिकता का ही रूप नहीं है? सावित्री झटके से उठी और ढेर सारी रेजगारी पर्स में डाल ली। कल 'चिल्लर' के लिए बहस में ऊर्जा बरबाद नहीं होनी चाहिए।

तीन सहेलियां तीन प्रेमी

'और बता क्या हाल है?'

'अपना तो कमरा है, हाल कहां है?'

'ये मसखरी की आदत नहीं छोड़ सकती क्या?'

'क्या करूं आदत है, बुढ़ापे में क्या छोडूं? साढ़े पांच बज गए मेघना नहीं आई?'

'बुढ़ऊ झिला रहा होगा।'

'तू तो ऐसे बोल रही है, जैसे तेरे वाले की जवानी फूटी पड़ रही हो।'

'वो तो फूट ही रही है, तुम जल क्यों रही हो?'

'मैं क्यों जलूंगी भला। हम तीनों में से कौन है, जो जवान से प्रेम कर रहा है। तीनों ही तो प्रेमी हाफ सेंचुरी तक या तो पहुंचने वाले हैं या पहुंच गए हैं।'

'ले, मेघू आ गई।'

'हाय।'

'क्या है बे किस बात पर बहस कर रहे हो?'

'ये बे-बे क्या बोलती है रे तू?'

'और तुम ये तू-तू क्या करती रहती हो?'

'अरे हमारे इंदौर में ऐसे ही बोलते हैं, तू। जब पुच्ची करने का मन करता है न सामने वाले को तो तू ही बोलते हैं।'

'क्यों आज तेरे हीरो ने पुच्ची नहीं दी क्या, जो मुझे देख कर 'तू' बोलने का मन कर रहा है। स्नेहा, मुझे इस धारा 377 से बचाओ।'

'अब तू भी बता ही दे, ये बे क्या होता है रे?'

'फिर तू?'

'अच्छा बाबा, तुम-तुम ठीक।'

'हां तो मैं कह रही थी। ये बे है न मेरे वाले की सिग्नेचर ट्यून का जवाब है। वह फोन पर मार डालने वाले अंदाज में कहता है, 'हाय बेबी'। और बदले में मैं हमेशा कहती हूं, 'क्या है बे?'

'अच्छा अब ये दिल पर हाथ रख कर गिर पड़ने की एक्टिंग अपने कमरे में जा कर करना। पहले बताओ रविवार कैसा बीता?'

'गिर कौन रहा है डॉर्लिंग, मुझे तो बस उसका 'हाय बेबी' याद आ गया।'

'तो जल्दी बता कल तू कहां गई थी।'

'आभा, फिर तू। ठीक से बोलो यार। प्लीज।'

'ओके बाबा। अब मैं तुम्हारे लखनवी अंदाज में कहूंगी, हुजूर आप। ठीक?'

'अच्छा लेकिन पहले मैं नहीं बताऊंगी कि कल क्या हुआ था। पहले ही तय हो गया था कि हम तीनों जब भी अपने रविवारी प्रेमियों से मिलेंगे, तब स्नेहा सबसे पहले बताएगी कि रविवार का उद्धार कैसे हुआ?'

'पिछले छह महीने से हम प्रेम में हैं। तुम्हें लगता है हमारे जीवन में कुछ नया होने वाला है। मुझे लगता है हम ऐसे ही सप्ताह में एक दिन अपने प्रेमी से मिल कर अधूरी इच्छाओं के साथ मर जाएंगे।'

'वाऊ मेरे मन में क्या आयडिया आया है। हम रविवार के दिन मरेंगे। मौत भी आई तो उस दिन जो सनम का दिन था...वाह-वाह। तुम लोग भी चाहो तो दाद दे दो।'

'आभा, हम यहां तुम्हारी सड़ी शायरी सुनने नहीं इकट्ठा हुए हैं।'

'तो इसमें दही भी कभी छाछ था की बुरी औरत की तरह मुंह बना कर बोलने की क्या बात है। आराम से कह दो। क्योंकि तुम इतनी भी अच्छी एक्टिंग नहीं कर रहीं कि कोई तुम्हें रोल दे दे।'

'मैं यहीं पर तुम्हारा सर तोड़ दूंगी।'

'अब तुम भी कुछ न कुछ तोड़ ही दो। कल उसने दिल तोड़ा, आज सुबह मैंने मर्तबान तोड़ा अब तुम सर तोड़ दो।'

'अगर आप दोनों के डायलॉग का आदान-प्रदान हो गया हो तो क्या हम लोग कुछ बातें कर लें।'

'जी स्नेहा जी। मैं आपको अध्यक्ष मनोनीत करती हूं और आप बकना शुरू करें। बोलने लायक तो हमारे पास कुछ बचा नहीं।'

'तुम लोगों को नहीं लगता कि हम तीनों ही दो बच्चों के बाप से

प्यार कर रही हैं। हम तीनों ही जानती हैं कि हमारा कोई भविष्य नहीं, फिर भी...।'

'बहन फिलॉस्फी नहीं, स्टोरी। आई वांट स्टोरी।'

'ओए ये स्टोरी का चूजा अपने दफ्तर में ही रख कर आया कर। हम दोनों को पता है कि तू एक नामी-गिरामी अखबार के कुछ पन्ने गोदती है।'

'हाय राम तुम दोनों कितनी खराब लड़कियां मेरा मतलब औरतें हो। क्या मैं कभी कहती हूं कि तुम अपने कथक के तोड़े और तुम अपने बेकार के नाटक की एक्टिंग वहीं छोड़ कर आया करो। बूहू-हू-हू, सुबुक-सुबुक, सुड़-सुड़...!'

'अब यह बूहू-हू क्या है?'

'बैकग्राउंड म्यूजिक रानी। बिना इसके डायलॉग में मजा नहीं आता न। रोना न आए तो म्यूजिक से ही काम चलाना पड़ता है।'

'साली, थियेटर में मैं काम करती हूं और हाथ नचा-नचा कर एक्टिंग तू करती है।'

'अब तेरी नौटंकी कंपनी तुझे नहीं पूछती तो मैं क्या करूं। आई एम बॉर्न एक्ट्रेस।'

'रुक अभी बताती हूं। तेरी चुटिया कहां है?'

'स्नेहा, आभा प्लीज यार। तुम दोनों कभी सीरियस क्यों नहीं होती हो यार?'

'सीरियस होने जैसा अभी भी हमारी जिंदगी में कुछ बचा है क्या मेघा? तुम्हें लगता है कि हमें जहां सीरियस होना चाहिए वहां भी हम ऐसे ही हैं, अगंभीर? क्या बताएं यार हर हफ्ते आ कर? वही की पूरा दिन उसके फ्लैट पर रहे, हर पल यह सोचते हुए कि कोई आ न जाए. यह सोचते हुए कि वो इस बार तो कहे कि वो तलाक ले लेगा। और क्या बताएं एक-दूसरे को की जब कभी उसे बाहों में भर कर प्यार करने का मन किया, उसी वक्त उसकी पत्नी का फोन आ गया। या मैं तुम्हें यह बताऊं कि उसके होंठ अब मखमली नहीं लगते, जलते अंगारे लगते हैं।'

'हां, शायद हम सब का वही हाल है। तुम दोनों के प्रेमी की बीवियां तो दूसरे शहर में रहती हैं। इसलिए तुम दोनों उसके घर जाती हो। लेकिन मेरे वाले की तो इसी शहर में रहती है। वह मेरे घर आता है, तो जान सांसत में रहती है। मकान मालकिन जिस दिन उसे देखेगी,

उसके कुछ घंटों में निकाल बाहर करेगी। तुम दोनों से ही छुपा नहीं है कि वह क्या चाहता है। और तुम दोनों ही जानती हो कि शादी से पहले मैं वह सब नहीं करूंगी। इस बात पर एक बार फिर बहस हुई।'

'मेरा वाला भी इसी बात पर अड़ा है। कहता है, 'मुझमें 'पवित्रता बोध' ज्यादा है।'

'वह मुझे कहता है, मुझमें, 'सांस्कृतिक जड़ता' है।'

'आभा, हम तीनों में से तुम ही सबसे ज्यादा बोल्ड हो। तुम कैसे इस चक्कर में फंस गईं? तुम्हें तो कोई भी लड़का आसानी से...'

'मिल सकता था, यही न? आसानी मर्द मिलते हैं रानी, लड़के नहीं। मर्द भी शादीशुदा, दो बच्चों के बाप। कुंआरे नहीं।'

'तुम्हें ऐसा क्यों लगता है?'

'मुझे क्या लगता है, हमारी उम्र की किसी भी कुंआरी लड़की से पूछ लो। सभी को ऐसा ही लगता है।'

'पर ऐसा होता क्यों है? जब लड़के शादी की उम्र में होते हैं, शादी नहीं करते। जब वही लड़के मर्द बन जाते हैं, तो कहते हैं, पहले क्यों नहीं मिलीं?'

'क्योंकि शादी के बाद वे जानते हैं कि हम उनसे किसी कमिटमेंट की आशा नहीं रख सकते।'

'लेकिन मेरा वाला कहता है कि वह तलाक ले लेगा और मुझ से शादी करेगा?'

'कब? कब उठाएगा वह ऐसा वीरोचित कदम? सुनूं तो जरा'

'पांच साल बाद।'

'इतनी धीमी आवाज में क्यों बोल रही हो। यदि तुम्हें यकीन है तो इस बात को तुम्हें बुलंद आवाज में कहना चाहिए था। लेकिन मुझे पता है तुम्हारी आवाज ही तुम्हारा यकीन दिखा रहा है।'

'उसके बच्चे छोटे हैं अभी इसलिए...'

'हम दोनों वाले के तो बच्चे भी बड़े हैं, फिर भी ऐसा कुछ नहीं होगा हम दोनों ही जानती हैं। क्यों स्नेहा?'

'हूं।'

'समझने की कोशिश करो बच्ची, हम जिंदगी मांग रही हैं। उनकी जिंदगी। सामाजिक जिंदगी, आर्थिक जिंदगी, इज्जत की जिंदगी। वह जिंदगी हमें कोई नहीं देगा। इसलिए नहीं कि हम काबिल नहीं हैं, इसलिए कि हमें आसानी से भावनात्मक रूप से बेवकूफ बनाया जा

सकता है। वो तीनों जो हमसे चाहते हैं वह शायद हम कभी नहीं कर पाएंगी। हम उनका न हिस्सा बन सकती हैं न ही हिस्सेदार। अगर ऐसा हो जाए तो हम तीनों ही किसी मैटरनिटी होम में बैठ कर बाप के नाम की जगह या तो मुंह ताक रही होतीं या अरमानों के लाल कतरे नाली में बह जाने का इंतजार कर रही होतीं।'

'तुम बोलते वक्त इतनी कड़वी क्यों हो जाती हो?'

'मिठास का स्रोत सूख गया है न।'

'तो इस नमकीन दरिया को क्यों वक्त-बेवक्त बहाया करती हो?'

'मैं थक गईं हूं। सच में। मैं उसके साथ रहना चाहती हूं, किसी भी कीमत पर।'

'वो हम तीनों में से कौन नहीं चाहता? पर वो बिकाऊ नहीं हैं न तो हम कीमत क्या लगाएं?'

'लेकिन हम उनकी तानाशाही के बाद भी क्यों हर बार उनकी बाहों में समाने को दौड़ पड़ते हैं?'

'क्योंकि हमारी प्रॉब्लम अकेलापन है।'

'मुझे लगता है हम तीनों की प्रॉब्लम ज्यादा इनवॉल्वमेंट है।'

'ऊंह हूं, हम तीनों की प्रॉब्लम प्यार है...।'

'हम लोग उम्र के उस दौर में हैं, जहां हमारे पास थोड़ी प्रतिष्ठा भी है, थोड़ा पैसा भी है। बस नहीं है तो प्यार। जब हम कोरी स्लेट थे तो हमारे सपने बड़े थे। उस वक्त जो इबारत हम पर लिखी जाती हम उसे वैसा ही स्वीकार लेते। लेकिन अब...अब स्थिति बदल गई है। हमने दुनिया देख ली है। हमें पता चल गया है कि हम सिर्फ भोग्या नहीं हैं। हम भी भोग सकती हैं।'

'कुंआरे लड़के हमें तेज समझते हैं। लेकिन शादीशुदा मर्दों को इतने दिन में पता चल जाता है कि पत्नी की प्रतिष्ठा और पैसे की भी कीमत होती है। काम के बोझ में फंसे मर्दों को पता चल जाता है कि कामकाजी लड़कियां नाक बहते बच्चों को भी संभाल सकती है और बाहर जा कर पैसा भी कमा सकती है। लेकिन जब तक वह सोचते हैं तब तक देर हो चुकी होती है।'

'पर देर क्यों हो जाती है?'

'जब दिन होते हैं, तो वे बाइक पर किसी कमसिन को बिठा कर घूमना पसंद करते हैं। तब करियर की बात करने वाली लड़कियां अच्छी लगती है। साधारण नैन-नक्श पर भी प्यार आता है, लेकिन जैसे ही बात

शादी की आती है, लड़के अपनी मां की शरण में पहुंच जाते हैं। तब बीवी तो खूबसूरत और घरेलू ही चाहिए होती है। तब अपनी क्षमता पर घमंड होता है। हम काम करेंगे और बीवी को रानी की तरह रखेंगे। बच्चे रहे सहे प्रेम को भी कपूर बना देते हैं। महंगाई बढ़ती है और दफ्तर की आत्मविश्वासी लड़की देख कर एक बार फिर दिल डोल जाता है। और हमारी तरह बेवकूफ लड़कियों की भी कमी नहीं जो उनकी तारीफ के झांसों में आ जाती हैं और फिर वही बीवी बनने के सपने देखने लगती हैं, जिससे भाग कर वे मर्द हमारी झोली में गिरे थे!'

'फिर हम क्या करें?'

'अपनी शर्तों पर जिओ, अपनी शर्तों पर प्रेम करो। जो करने का मन नहीं उसके लिए इनकार करना सीखो, जो पाना चाहती हो, उसके लिए अधिकार से लड़ो।'

'पर वो हमारी शर्तों पर प्रेम क्यों करने लगे भला?'

'क्योंकि हम उनकी शर्तों पर ऐसा कर रही हैं। कोई भी अधिकार लिए बिना, हमारे कारण उन्हें वह सुकून का रविवार मिलता है।'

'फिर?'

'फिर कुछ नहीं मेरी शेरनियों, जाओ फतह हासिल करो। अगला रविवार तुम्हारा है...।'

14 वें रमाकांत कथा स्मृति पुरस्कार से सम्मानित कहानी

सर्वाइवल

पांडे जी का दिल बल्लियों उछलता है या मंजिलों यह ठीक-ठीक पता नहीं। लेकिन राग से खींच कर बोला गया 'पांडे...जी' का संबोधन उनकी भूरी, मिचमिची आंखों को फैला देता है। 'प' थोड़ी धीमी आवाज और 'ड' पर विशेष जोर पांडे जी को विशेष महसूस कराता है। उनके छह गुणा चार के केबिन में उस वक्त मौजूद हर शख्स मिचमिचाती आंखों को देख कर समझ सकता है कि वह रूबी अली और उनके बीच किसी तीसरे की उपस्थिति को पसंद नहीं कर रहे। सो लोग खुद, 'अच्छा पांडे जी,' 'अरे पांडे जी 5 बज गए पेज फाइनल करना है,' 'खूब बतिया लिए पांडे जी आज तो' जैसे वाक्य बोल कर विदा ले लेते हैं। अगर कोई फेवीकोल डाल कर ही कुर्सी पर बैठा हो तो पांडे जी खुद रूबी अली के आते ही किसी दूसरे की उपस्थिति ऐसे नकार देते हैं, जैसे चिदंबरम सुरक्षा खामियों को।

भारत के सबसे बड़े हिंदी अखबार में पांडे जी पिछले 16 बरस से पुराने रेकॉर्ड की सुई की तरह वरिष्ठ उप संपादक के पद पर ही अटके हुए हैं। डेस्क-डेस्क पर चाय पीते हुए आजकल वह फ्रंट और सिटी पेज की कॉपी देखने के लिए मुस्तैद किए गए हैं। सूखे-इकहरे पांडे जी अजायबघर के नायाब प्राणी लगते हैं। पिचके पेट पर कस कर पतलून पहनते हैं और किसी भी रंग का पतलून पहनें बेल्ट सलेटी रंग का ही होता है। उनकी दाढ़ी कील की तरह गालों में ठुंकी रहती है। सफेद बारीक-बारीक कीलें। बाल मांग पर से हमेशा सफेद रहते हैं, उसके बाद के काले और नीचे की ओर हल्के भूरे। ऐसे रंग-बिरंगे पांडे जी पर संपादक चाहे कितना भी गुस्सा उतार ले कॉपी के मामले में वह पांडे पर ही भरोसा करता है। संपादक कहता है, 'पांडे को बोलो एक बार पेज देखने को। साले ऐसे-ऐसे मूर्ख भरे पड़े हैं अखबार में, एक लाइन भी

शुद्ध नहीं लिख सकते।' सो पांडे जी आजकल रिपोर्टरों की कॉपी सुधारने-संवारने का काम करते हैं। लेकिन वीपी यानी वृंदावन प्रसाद पांडे की नजरें ऐसी भी सस्ती नहीं की सब पर इनायत हो जाएं।

पांडे जी को सबसे ज्यादा दिक्कत अपराध संवाददाता नरेंद्र भदौरिया से है। 'घटिया लड़का है, संस्कारहीन।' पांडे जी गाहे-बगाहे घोषणा करते रहते हैं। 'बेचारी छौने सी मासूम लड़की को सताता है।' पांडे जी का गरीब सा दिखने वाला चेहरा तमतमा जाता है। रूबी अली को आए सिर्फ छह महीने हुए हैं और पांडे जी मझौले कद की उस लड़की के लिए 16 साल पुराने सहकर्मियों से लड़ जाते हैं। पांडे जी की भाषा में रूबी अली 'हसीन और जहीन लड़की' है। आजकल पांडे जी उर्दू खूब इस्तेमाल करते हैं। 'हसीन' और 'जहीन' उसी की कड़ी है। उसके खूब घुंघराले बाल हैं घने बादलों की तरह। बादल उसके कांधे पर आकर ठहर जाते हैं। रूबी अली की आंखें बहुत खूबसूरत हैं। यह उसका पक्का दुश्मन मयूर कुलकर्णी भी मानता है। मयूर और रूबी अली की भर्ती एक साथ ही हुई थी। यही कोई छह-सात महीने पहले। रिपोर्टर पद पर। यह अलग बात है कि रूबी अली ने मयूर कुलकर्णी को बहुत पीछे छोड़ दिया है। वह 'स्पेशल असाइनमेंट' पर जाती है और अब वह रिपोर्टिंग में अखबार का चेहरा है। मयूर, रूबी अली को हमेशा, 'बीटीएम' यानी 'भैन जी टर्न मॉड' कहता है। एजुकेशन बीट देखने वाले गौरव शर्मा को रूबी अली 'ब्यूटी विद ब्रेन' लगती है। 'बीआरएआईएन' ब्रेन यानी 'भेजा रहित अकड़ू आइटम नंबर।' हेल्थ वाला धीरेंद्र प्रसाद उसे 'पाउडर का डिब्बा' कहना पसंद करता है। अपराध संवाददाता नरेन्द्र भदौरिया के लिए वह 'तिरिया चरित्तर' से ज्यादा कुछ नहीं है। जो भी हो रूबी अली अपने दुश्मनों की परवाह नहीं करती। वह और लड़कियों की तरह झल्लो बनी नहीं घूमती। मैचिंग इयररिंग्स पहनती है, लिपस्टिक लगाती है करीने से। आई लाइनर और गहरा काजल। जींस पर टॉप पहनती है, गहरे गले के। खूबसूरत उभार की एक रेखा दिखे तब भी उसे टेबल पर झुक कर बात करने से भी कोई गुरेज नहीं होता। जब सलवार-कुर्ता पहनती है तो दुपट्टा गले में पड़ा रहता है, स्टाइल से। जब वह चलती है तो कई बार लोगों को छूता हुआ निकल जाता है दुपट्टा। खुश्बूवाला, मुलायम दुपट्टा। बिलकुल रूबी अली की तरह। लेकिन हिंदी में 'यम ये' करने वाले पी. वेंकटेश को यह बिलकुल पसंद नहीं की कोई रूबी की बुराई

करे या उसकी हंसी उड़ाए। वेंकटेश फ्रंट पेज के लिए एजेंसी की कॉपियों का अनुवाद करता है, इंटरनेट से चटपटी खबरें खोज कर उनका भी अनुवाद करता है। रूबी अली उसे बहुत पसंद है। वह हमेशा आते-जाते उससे 'वडक्कम' जरूर कहती है। पांडे जी कहते हैं, 'मयूर को रूबी से कार्यस्थलीय ईर्ष्या है।' मयूर कहता है, 'पांडे साठ से पहले ही सठिया गया है। लड़की उसको घूमा रही है, सारा पूरा दिन उसकी चाकरी करता है। किसी दिन पिटेगा मुझसे, उस तिरिया चरित के चक्कर में।' ज्यादा गुस्से में उसे भदौरिया से शब्दावली उधार लेना ही पड़ती है। रिपोर्टिंग और डेस्क को मिलाकर अखबार में कुल सात लड़कियां हैं। पर रूबी अली की बात ही कुछ और है। वह हमेशा फैशनेबल कपड़े पहनती है। वह लैक्मे की नाइन टू फाइव लिपस्टिक लगाती है। यह लिपस्टिक चाय पीते वक्त कप पर नहीं लगती। जैसे पंकजा त्रिवेदी की लाल रंग की लिपस्टिक लग जाती है। रूबी कहती है, 'मुझे अपनी छाप छोड़ना पसंद है, निशानी नहीं।' पांडे जी तो कायल हैं रूबी अली के। लड़की हो तो ऐसी। 'बोल्ड एंड ब्यूटीफूल।' (पांडे जी तमाम मेहनत के बाद भी दोनों शब्दों का उर्दू तर्जुमा नहीं कर पाए हैं अब तक)

पांडे जी हर दिन जाने वाले सप्लीमेंट का अतिरिक्त काम भी देख रहे हैं आजकल। प्रूफ की गलतियों से संपादक परेशान है। मालिक ने उसकी जान ले रखी है। 'हिंदी में एरर प्रूफ अखबार क्यों नहीं निकल सकता भार्गव?' मालिक गुप्ता गुर्राता है अनिकेत भार्गव पर। इसलिए धर्म, करियर, फैशन, फिल्म, तमाम पेज पांडे जी की नजरों से गुजरे बिना 'फाइनल फोल्डर' में जगह नहीं ले सकते। कॉपी लिखने, हैडिंग लगाने, एडिटिंग करने में पांडे जी का कोई सानी नहीं। कितना भी नीरस विषय हो पांडे जी कॉपी लिख दें तो पढ़े बिना चूकना असंभव। पांडे जी हैडिंग लगा दें तो ध्यान एक बार जाएगा ही। यही वजह है कि उनकी टेबल वाला कोना हमेशा गुलजार रहता है। कुछ लोग उनसे ईर्ष्या भी करते हैं, लेकिन ज्यादातर उन्हें मूर्ख मानते हैं। लेकिन यह रौनक साढ़े पांच-छह तक ही रह पाती है। छह बजे रूबी अली आती है दफ्तर अपनी स्टोरी फाइल करने। तब तो सबको वहां से हटना ही पड़ता है। माथे पर अपना धूप का चश्मा टिकाए, रूबी अली दाखिल होती है तो अपनी सीट तक जाते हुए वह सिर्फ पांडे जी को 'प' पर हल्का और 'ड' को जोर देकर 'पांडे जी' कहती हुई निकल जाती है। डेस्क पर पर्स रख कर वह एक छोटा पाउच निकाल कर सीधे बाथरूम में जाती है।

वहां एक छोटी ट्यूब निकाल कर क्रीम मुंह पर निकाल कर झाग बनाती है, फिर नरम सफेद तौलिये से पोंछ कर बादामी रंग का पाउडर, नाइन टू फाइव लिपस्टिक, काजल लगा कर, बाल ठीक कर सीधे पांडे जी केबिन में धंस जाती है। तब तक पांडे जी बलवंत को बुला कर दो चाय का ऑर्डर दे देते हैं। फिर रूबी अली अपने पूरे दिन का किस्सा सुनाती है। रूबी बहुत मेहनती है। सुबह उठ कर बिना आलस गरम पानी में नीबू पीती है, फिर जिम जाती है। उसके बाद स्विमिंग और सुबह समय से मीटिंग में पहुंचती है। वह सदा मुस्कराहट का संक्रमण फैलाती रहती है। रूबी को जिज्ञासा भी बहुत होती है। वह हर बात जानना चाहती है। उत्सुकता का चरम इतना रहता है कि संपादक से 'सर, इमरजेंसी में क्या हुआ था?' पूछने से भी गुरेज नहीं करती।

रूबी अली को संपादक से लेकर चपरासी तक सभी प्रेम करते हैं। संपादक अनिकेत भार्गव उसका बहुत खयाल रखते हैं। रूबी भी संपादक का बहुत खयाल रखती है। पांच बार पहले पहनी गई शर्ट भी रूबी को बिलकुल नई लगती है। वह हर दिन संपादक से कहती है, 'आज तो बड़े स्मार्ट लग रहे हैं सर, कुछ खास बात है क्या? शर्ट भी चमाचम पहना है।' पहले अनिकेत भार्गव थोड़ा झेंप जाते थे। पर अब उन्हें रूबी की तारीफ की आदत पड़ गई है। वह भूल जाए तो अनिकेत भार्गव खुद ही पूछ लेते हैं, 'आज आपने मेरी शर्ट पर गौर नहीं किया।' तब रूबी विनम्रता से कहती है, 'आज आप इतने सुंदर दिख रहे हैं कि शर्ट पर नजरें ही नहीं गईं। इतना चमकदार चेहरा हो तो शर्ट भला कौन अहमक देखता है।' अनिकेत भार्गव अपनी चिरपरिचित, 'हें हें हें' की आवाज निकाल कर लड़कियों की तरह कंधे झुका लेता है। सिगरेट से काले उसके होंठ अजीब ढंग से सुपारी फंसी बत्तीसी में दब जाते हैं। अगर बहुत ज्यादा हुआ तो बस, 'आप भी' कह पाते हैं।

हर दूसरे-तीसरे दिन रूबी अली का बॉटम छपता है। कभी-कभी फ्रंट पेज पर विशेष खबर लगती है, बायलाइन के साथ। वह कभी-कभी सप्लीमेंट के लिए भी लिखती है। फीचर पेज पर रूबी अली हैडिंग लगाती है, 'ज्वर में भी हो जाता है बुखार,' 'पानी में रहें लथपथ,' 'हटाएं बाबा आदमखोर जमाने का फर्नीचर।' पांडे अपना सफेद-काले-भूरे बालों वाला सिर हिलाते हैं, 'नहीं-नहीं रूबी जी। ज्वर में बुखार नहीं हो सकता। दोनों एक हई चीज है। ऐसे ही पानी में तो सराबोर हुआ जाता है, लथपथ नहीं। लथपथ तो आप पसीना में

होईए, कीचड़ में होईए। और हां वो बाबा आदम है, आदमखोर नहीं।' रूबी अली अपना दुपट्टा मुंह पर रख कर कभी हंसती है तो कभी अपनी तर्जनी को दांत से काट कर कहती है, 'अल्लाह, पांडे जी। अगर आप न हों तो पता नहीं मेरा क्या हो।' पांडे जी गदगदा जाते हैं। जब तक रूबी की फीचर की कॉपी सुधरती कम रीराइट होती है, तब तक अपनी बड़ी खबर के लिए मिले असाइनमेंट के लिए रूबी वेंकटेश के बगल में इंटरनेट पर अपनी खबर से संबंधित मैटर ढूंढ़वा कर उसका अनुवाद करने को कह देती है। बीच-बीच में बलवंत को उसे निर्देश भी देना होता है, 'बलवंत, कल बैंक में चेक जमा करा देना, बलवंत मेरा मोबाइल बिल भर देना प्लीज, बलवंत अन्ना की दुकान खुली होगी क्या? एक मसाला डोसा ला दोगे प्लीज। बहुत भूख लगी है।' बलवंत को रूबी अली में यही बहुत पसंद है। वह इतनी बार प्लीज बोलती हैं कि बलवंत संपादक के काम को भले ही मना कर दे लेकिन रूबी मैडम के काम को...राम-राम। जब रूबी रिपोर्टिंग पर नहीं होती तब वह बहुत व्यस्त रहती है। और जब रिपोर्टिंग से लौटती है तो और व्यस्त हो जाती है। फील्ड से लौटना और वहां क्या हुआ उसे किसी से समझना, फिर कॉपी में क्या लिखना है, कैसे लिखना है यह पांडे जी को बताना, बहुत काम रहता है।

पंकजा त्रिवेदी और प्रतिमा प्रधान अच्छी सहेलियां हैं। पंकजा महिला बाल विकास देखती है और प्रतिमा नगर निगम। प्रतिमा खूब दौड़ती है पूरे शहर में। खबरें भी अच्छी लाती है। पर छपती नहीं। अगर संपादक उसे कुछ कहे तो वह 'जी' कहने के बजाय 'क्यों' कहती है। धूप में दौड़ कर प्रतिमा की देह जल गई है। कपड़े पहनने का भी कोई खास शऊर उसमें नहीं है। हमेशा वही सलवार-कुर्ते। वह भी दुपट्टे वाले। पंकजा हरिवंश राय बच्चन की पंक्ति में बहुत यकीन रखती है, 'मन का हो जाए तो अच्छा, मन का न हो तो भी अच्छा।' खबरों को ले कर उसमें वीतराग रहता है। खबर न छपे तो वह कभी संपादक के कमरे में जाकर नहीं झगड़ती। पिछले 4 सालों से वह रिपोर्टर ही है। प्रतिमा जब पार्किंग में खूब बक लेती है तो पंकजा मोरारी बापू जैसे शांत भाव से कहती है, 'लाला तेरी हर महीने की सैलेरी तो दे रहा है न। तू अपने बच्चे पाल और ऐश कर। काहे बेवकूफी में लगी रहती है।' छह महीने पहले ही आई रूबी अली को दो बार महीने में मिलने वाला परफॉर्मेंस अवॉर्ड मिल चुका है। एक बार तो उसे यह अवॉर्ड शहर में अतिक्रमण

हटाओ मुहिम के शानदार कवरेज के एवज में दिया गया है। पूरा काम रूबी अली ने किया था। बस उस इलाके के सारे थानों से खबरें भदौरिया ने इकट्ठी की थीं, जिन लोगों के मकान टूटे उनसे कुलकर्णी ने बात की थी, दो जूनियर ने बुलडोजर वालों, तमाशबीनों को संभाला था और कॉपी पांडे जी ने बस 'ठीक' की थी। रूबी अली कुलकर्णी के साथ जाती थी, मुस्कराते चेहरे को देख कर लोग जरा तमीज से पेश आते हैं। रूबी अली एक बार भीड़ में फंस गई थी। बहुत ही भयानक दृश्य था वह। बेकाबू भीड़ देख कर वह फौरन पास खड़ी पुलिस की गाड़ी में चढ़ गई थी अपने अखबार का नाम ले कर। दो घंटे पुलिस ने वॉटर कैनन और आंसू गैस से गुस्साई भीड़ पर काबू पाया था। बेचारी रूबी अकेली पुलिस की गाड़ी में बैठी रही थी अपने बॉस को पल-पल की मोबाइल पर खबर दे रही थी। दुष्ट कुलकर्णी और भदौरिया न जाने कहां बिला गए थे। कुलकर्णी के कंधे पर लट्ठ पड़ा था और भदौरिया के सिर पर ईंट। 'यह कोई बात हुई आप अकेली लड़की को छोड़ कर यहां-वहां चले गए।' अनिकेत भार्गव ने कक्षा लगा दी थी दोनों की। रोती हुई रूबी को कितनी मुश्किल से संभाला था वेंकटेश और भार्गव ने मिल कर। चटक पीली स्लीवलेस टीशर्ट पहने रूबी जब पुलिस की गाड़ी से दफ्तर के गेट पर उतरी तो खबर सुन कर भार्गव खुद उठ कर बाहर लेने आया था रूबी को। 'स्याला...मादर...ह...जादा' भदौरिया के शब्दकोश में कोई कमी नहीं है। 'ब्रेव गर्ल' भार्गव ने न सिर्फ तारीफ की बल्कि मिठाई भी मंगाई थी रूबी की सकुशल वापसी पर। पांडे जी का वैसे तो टाइम दोपहर तीन से ग्यारह तक का है। लेकिन उस दिन रूबी के लिए वह रात के पूरे डेढ़ बजे तक रुके। रूबी इतनी घबराई हुई थी। कॉपी कैसे लिखती बेचारी। पांडे जी को उसने आंखों देखा हाल बताया और एक पूरा विशेष पेज गया अखबार में। रूबी की बोल्ड बायलाइन के साथ। नीचे बारह पॉइन्ट में भदौरिया और फिर कुलकर्णी का नाम भी था। 'सर ये लोग भी गए तो थे न साथ में। अच्छा नहीं लगता अकेले बायलाइन लेना।' रूबी अली बहुत उदार है। उसी ने भार्गव को कहा था नीचे नामों के पुछल्ले के बारे में। एक बॉक्स अलग था, रूबी अली के खौफनाक अनुभव पर!

वेंकटेश ने उस रात खाना भी नहीं खाया। मन ही नहीं हुआ। खाने का नहीं हाथ धोने का। वह बिना हाथ धोए खाना नहीं खाता। पूरे बीस मिनट वह रूबी अली के कंधे पकड़ कर बैठा रहा था। बार-बार

कांपती, रोती रूबी को संभालने के लिए। अनावृत्त कंधे, रूबी अली के कंधे। ऐसे कैसे वेंकटेश हाथ धो ले। इतनी जल्दी। एक दिन नहीं खाएगा तो मर नहीं जाएगा। घर जाकर वह इस हाथ को आराम से अपने गाल पर रखेगा। उसने एक बार प्रैक्टिस के लिए हाथ को गाल पर छुआया भी।

बहुत दिनों तक भदौरिया रूबी अली को देखता और थूक देता। पांडे जी तो बेचारे बहुत परेशान रहे। नाराज भी थे संपादक जी से। उन्होंने दो दिन बेकार में रूबी अली को जबर्दस्ती छुट्टी पर भेज दिया था। 'मेंटल ट्रामा है रूबी। मैं कह रहा हूं न घर पर रह कर थोड़ा रिलेक्स कर लो।' दो दिन पांडे जी ने पांच बजे की चाय ही नहीं पी। अकेले चाय पी भी तो नहीं जाती। रह-रह कर लगता अभी बस खिलखिलाती हुई रूबी आ खड़ी होगी। अभी बस अपने घुंघराले बालों की एक लट ऊंगली में उमेठ कर पूछेगी, 'पांडे जी...मेरा मैटर देख लिया?' पांडे जी याद करते हैं, रूबी अली अगर चली भी जाए तो उसकी खुशबू बहुत देर तक बैठी रहती है। उसी कुर्सी पर। जब तक रूबी अली की खुश्बू रहती है, तब तक पांडे जी का किसी और काम में मन नहीं लगता। 'जे लो यानी जेनिफर लोपेज।' रूबी अली ने अपने परफ्यूम का नाम बताया था। पांडे जी झेंप गए थे। रूबी अली ने अपना हाथ उन्हीं के सामने अपनी स्लीवलेस बांह उठा कर बगल सूंघ कर कहा था, 'आपको अच्छी लगती है यह खुश्बू। अरे अभी शाम तक आ रही है। इम्पोर्टेड है न शायद इसलिए।' पांडे जी के सिर पर लगा पंखा उसे यहां-वहां फैलाता रहता है। पांडे जी ने अपनी सीट कोने में रखवा ली है। ताकि एसी की हवा न लगे। दमा है पांडे जी को। एसी नुकसान करता है। पिछले 25 बरस से दमे के साथ अपना जीवन गुजार रहे पांडे जी छह महीने पहले 'अस्थमैटिक' हो गए हैं। 'यह क्या आप हिंदी मीडियम टाइप दमा-दमा करते रहते हैं। अस्थमा बोला करिए। सुनने में थोड़ा ठीक लगता है।' रूबी अली झिड़की लगती है, जब पांडे जी बर्फ का गोला चूसती रूबी से बर्फ न खाने की वजह बताते हैं। बलवंत पता नहीं कब एक चाय रख गया है। चाय पर सांवली परत उभर आई है। पांडे जी को तो उसे मलाई कहना ही अच्छा लगता है। 'चाय की मलाई' लेकिन रूबी को मलाई कहना मलाई की तौहीन लगती है। 'मलाई तो मेरी तरह होती है, गोरी-चिकनी सी है न' वह पांडे जी को निगाहों में तौलती है। 'यह तो काली चाय की पपड़ी हुई।' जब तक रूबी शाम को

'फील्ड' से आने के बाद 'थोड़ा फ्रेश' हो कर आती है, तब तक बलवंत चाय रख जाता है। रूबी चाय जरा ठंडी पीना ही पसंद करती है। 'इससे होंठ काले नहीं होते' वह पांडे जी को तर्क देती है। ठंडी चाय पर जमी पपड़ी को रूबी हौले से परे सरका कर कप की किनारी पर चिपका देती। जबकि पांडे जी उस सांवली मलाई को उसी के रंग के ग्लूकोज बिस्कुट पर चिपका कर खा जाते थे। पांडे जी ठंडी चाय जरा रास नहीं आती। घर पर अगर उनकी पत्नी चाय छान कर कुछ देर बाद उन तक पहुंचाए तो वह हंगामा कर देते हैं। उनकी पत्नी भी कभी-कभी झल्ला जाती है। गुस्से में वह भी कह देती है, 'तो क्या चाय सीधे तुम्हारे मुंह में छान दूं?' वही पांडे जी शाम की चाय गोमूत्र समझ कर पी लेते हैं। (ठंडी होने के बाद चाय उन्हें ऐसी ही लगती है।) मगर क्या करें अगर पहले से चाय न मंगवा कर रखें तो भी और अगर वह पहले चाय पी लें तब भी रूबी चाय नहीं पीती। और वह यह खतरा मोल नहीं ले सकते। अगर 4-5 कप एक साथ रखे हों तो पांडे जी रूबी अली के कप को अलग से पहचान सकते थे। केवल वही थी जिसके कप की किनारी पर पपड़ी चिपकी रहती थी। रूबी उस सांवली मलाई को फालतू मानती है। 'जिसका कोई काम न हो, उसे किनारे कर देना चाहिए।' यह रूबी अली का सिद्धांत है।

चाय पी कर रूबी अपने सारे 'रिपोर्टिंग' के नोट्स पांडे जी को सौंप कर अपनी खुशबू में गाफिल कर चली जाती है। उसके बाद पांडे जी इत्मीनान से 555 जर्दा खाते हैं। क्योंकि रूबी अली के आते ही 555 जर्दे की खाद उनके मुंह से तुरंत डस्टबिन में स्थानांतरित हो जाती है। भले ही जर्दे को पांच मिनट पहले ही पांडे जी की घिस गई बत्तीसी वाला मुंह नसीब हुआ हो। जर्दे का इतना अपमान तो पांडे जी की छोटी, लाड़ली बिटिया भी नहीं करा पाती। पांडे जी जब तक 20-25 मिनट जर्दे का मलीदा न बना दें, वह 'माउथ अरेस्ट' ही रहता है। पर रूबी अली की तो बात ही कुछ और है। पांडे जी सोचते हैं, उन्हें तो रूबी अली की तरह पत्नी मिलनी चाहिए थी। उन्हें समझने वाली। रूबी अली कैसे चेहरा देख कर उन्हें हंसाने के लिए उनकी शैली में कहती है, 'का पांडे जी, हाल ठीक ना है आज।'

वेंकटेश को रूबी हर ड्रेस में अच्छी लगती है। बस स्लीवलेस छोड़ कर। इसलिए नहीं कि उसकी गोरी बाहें सब को लुभाती हैं। उसकी बांह पर एक बड़ा सा जले का निशान है। पहले किसी का इस पर ध्यान

नहीं गया है। लेकिन अभी हाल ही में एक नया ट्रेनी आया है शशांक। वह पहचानता है रूबी को। उसी के शहर की है, उसी के मोहल्ले में रहती थी। सभी से हंस कर बात करने वाली रूबी शशांक को देख कर चौंक गई थी। वह शशांक से बात नहीं करती। शशांक आते ही भदौरिया, कुलकर्णी, पंकजा और प्रतिमा एंड कंपनी में शामिल हो गया है। भदौरिया गैंग के तो भाग खुल गए हैं। अरे पता तो चले। आज तक बस यही पता है कि वह बड़वानी की रहने वाली है। 'बाकी क्या? भैन... आसमान से टपकी है क्या? मां-बाप, पढ़ाई-लिखाई कुछ तो होगा साली का। किसी ने बायोडाटा देखा उसका। यहां आई और हमारी ... पर चढ़ कर बैठ गई। साले अग्रवाल...ड़ी के ने क्या देख कर रखा नौकरी पर।' भदौरिया को श्लोक के बीच में टोकने का मतलब है श्लोक की पूर्णाहुति उसी व्यक्ति पर खत्म होगी जो टोकेगा। सब चुप खड़े हैं। शशांक ने ही बताया, बचपन से 'ऐसी' ही है। नौवीं में थी तो किसी के साथ भाग गई थी। महीने भर बाद लौटी थी। कॉलेज में कम से कम चार बॉयफ्रेंड थे। तलाकशुदा है। वह जो बांह पर बड़ा निशान है न पति ने गुस्से में जलाने की कोशिश की थी। 'कुछ दिन ग्वालियर में भी रही है भैया। वहां किसी थिएटर कंपनी में काम करती थी अपने आप को बड़ी एक्टरनी समझती थी। कुछ कविताएं-वविताएं भी लिखती है।'

खबरें छन-छन कर रूबी के कानों तक आ पहुंची हैं। पंकजा त्रिवेदी इस मामले पर राय नहीं देती। वह दूसरे डिपार्टमेंट में जाकर सिर्फ रायता बिखेरती है। लेकिन फीचर इंचार्ज गरिमा बक्शी इतनी आसानी से रूबी अली को माफ नहीं करेगी। उसके पेज पर बहुत दादागिरी करती है रूबी। पंकजा नौकरी छोड़ने की सोच रही है। 'नाम बड़े और दर्शन खोटे अखबार में काम करने का क्या फायदा?' 'तो तेरे को क्या लगता है, बाकी जगह ऐसी हरामजादी नहीं होगी इसकी गारंटी है क्या?' भदौरिया का सांत्वना देने का यही तरीका है। पंकजा की बीट में आज कुछ मिसिंग है। रूबी अली ने भरी मीटिंग में किसी दूसरे अखबार की रिपोर्ट की ओर ध्यान दिलाया था अनिकेत भार्गव को। भार्गव ने अपनी शैली में लू उतार दी है पंकजा की। पंकजा फीचर में गरिमा के पहलू में रो रही है। धीरे-धीरे वहां जमावड़ा हो गया है। भदौरिया, कुलकर्णी, प्रतिमा प्रधान और शशांक भी। 'उसकी तो ऐसी-तैसी कर देनी चाहिए। आजकल बहुत तेज चल रही है।' गरिमा दांत

पीसती है। शशांक ने आज एक सनसनीखेज खुलासा किया है। बैठक में तय हुआ है कि जितना हो सके इस खबर को फैलाओ। 'आखिर पता तो चले कि वह भी कोई दूध की धुली नहीं है।' वसुधा जगताप का चौंकाऊ स्टेटमेंट आया है। 'अरे तुम क्यों बीच में कूद रही हो। दोपहर को तो घंटों बतियाती हो उससे। और क्या हमें नहीं मालूम इपीबीएक्स से कितनी एसटीडी कॉल करती है वह तुम्हारी बदौलत।' गरिमा बक्शी ने चिहुंक कर वसुधा जगताप को चुप करा दिया है। सभी बस रूबी अली की बातें कर रहे हैं। वह जहां जाती है उसे 'रूबी अली ऐसी...रूबी अली वैसी...' की फुसफुसाहट कान में तैर जाती है।

रूबी अली की आंखों के पानी में एक छोटा सा शहर तैर जाता है। शराब पीता बाप, घर छोड़ कर चली गई मां, करमजली-नासपिटी कहती लंगड़ी बूढ़ी दादी। किलबिल करते 5 छोटे भाई-बहन। रूबी अली अपने मैनिक्योर्ड नेल्स देखती है। शहर की याद वाली पानी की गरम बूंद हाथ पर गिर जाती है। उभरे नसों वाले हाथ। रूबी अली के हाथ। अब भी गर कोई छू कर देखे तो खुरदरे ही हैं। किस उम्र से बर्तन, चौका, बुहारी करना शुरू की थी अब याद नहीं। लेकिन कब तक चौका, बर्तन, झाड़ू-बुहारी की यह याद है। जावेद इसी उम्र में पड़ोस में रहने आया था। परेशानी से दूर सुखी जीवन जीने का सपना उसी उम्र में देखा था। किताबें पढ़-पढ़ कर रूबी अली खुद को बहुत होशियार समझती थी। सरिता में छपी कहानियों में अपना जीवन देखती थी। भरी उमस भरी दोपहर को टाटपट्टी के परदे की आड़ में सोए भाई-बहनों को छोड़ कर नंगे पैर अलीगढ़ की ट्रेन में चढ़ गई थी रूबी अली। अब भी कभी-कभी तलवों में उस जलन का अहसास होता है। रूबी अली के तलवों में बहुत सारे निशान हैं, गोल-गोल। लगता है तलवों पर बहुत से चांद उभर आए हैं। काले चांद। ऐसे चांद हर उस जगह हैं, जहां सिर्फ उसकी आंखें पहुंचती हैं।

अच्छी जिंदगी जीने की ख्वाहिश ने रूबी अली को बहुत दौड़ाया है। अलीगढ़ की झुग्गी बस्ती की गलियों से ले कर इंदौर की चिकनी-सपाट सड़कों तक। सपनों के पीछे रूबी और रूबी के पीछे उसका अपना सपना जावेद। वह जावेद के हाथ में फूल देख कर नंगे पैर उसके पीछे चली आई थी। साल भर के भीतर फूल दराता, चाकू, लट्ठ में तब्दील हो गया। नंगे पैर वाली रूबी अली अब रीबॉक का जूता पहनती है, बस पैरों के चांद किसी भी सिगरेट पीते आदमी को देख कर

कसकने लगते हैं।

बड़वानी से दौड़ रही रूबी अली की मैराथन खत्म होने का नाम ही नहीं ले रही। अलीगढ़ की गलियों में दौड़-दौड़ कर उसने सपने पालना छोड़ दिया। अब वह बच्ची पालती है। इस शहर में अकेली। एक कमरे के मकान में घर जैसा कुछ नहीं। उसके कपड़े, जूते, थोड़ा साज-सिंगार कुछ बर्तन बस। उसके लिए सबके दरवाजे बंद हैं। एक खिड़की ही उसका सहारा है। कमरे की एकमात्र खिड़की। रोशनी, धूप, हवा सब इसी खिड़की के सहारे घर में आते-जाते हैं। उसकी पांच साल की बेटी भी इसी खिड़की से बंधी रहती है। जब तक रूबी अली दफ्तर से न लौट आए। घर बनने को बेताब मकान में रूबी अली का कोई नहीं जो पांच साल की लड़की को देख सके। रूबी अली बिस्किट, चॉकलेट, पानी, खिलौने उसकी देखभाल के लिए छोड़ जाती है। बाहर से ताला लगा कर इस आश्वासन के साथ, 'जब मून इस खिड़की पर आएगा तब तक मैं जरूर आ जाऊंगी।' रूबी अली जब घर पहुंचती है, तब चांद सी बेटी चांद को तकते हुए जंगले पर ही चिपकी रहती है। कम तनख्वाह में 'अच्छे से रहना', 'अच्छा खाना', 'अच्छी देखभाल' में से उसने 'अच्छे से रहने' का विकल्प चुना है। बाकी 'अच्छा' सिर्फ 'अच्छा रहने' पर ही निर्भर है यह उसने अलीगढ़ से मुंबई, मुंबई से ग्वालियर, ग्वालियर से इंदौर की रेस में सीख लिया है।

रमजान आ गया है। चांद का आकार घट रहा है। दफ्तर में भी बहुत कुछ घट रहा है। भार्गव का कद भी। रूबी अली रोजे में मुरझा गई या चांद घटने की चिंता में पता नहीं चल रहा। भार्गव आजकल लार्ज से कम पीता ही नहीं। मुंह बिचका कर कहता है, 'यह एडिटर-इन-लार्ज क्या बला हुई? कभी देखा है स्थानीय संपादक के ऊपर कोई?' 'भार्गव नौकरी छोड़ दे शायद', सिगरेट के धुएं में यह वाक्य जहां-तहां फैलता रहता है। नया एडिटर-इन-लार्ज संजय उपाध्याय बहुत सख्त है। मालिक अग्रवाल ने उसे अखबार 'सही रास्ते' पर लाने के लिए दिल्ली से बुलवाया है। भार्गव दिन में लार्ज पी कर एडिटर-इन-लार्ज के सामने बैठा है। बड़े 'लार्ज' ने छोटे 'लार्ज' को निर्देश देना शुरू कर दिया है। उपाध्याय के आते ही पांडे जी प्रादेशिक इंचार्ज हो गए हैं। समय सुबह बारह से सात। अब वह रिपोर्टरों की कॉपी में कोई दखलंदाजी नहीं कर सकते। रिपोर्टरों की कॉपी खुर्राट शिशिर अग्निहोत्री देखेगा। शिशिर अग्निहोत्री, उपाध्याय का प्रिय बच्चा। मेरठ में जूनियर था। सबसे

मुंहलगा जूनियर। शिशिर के कंधे अचानक तन गए हैं। चाल में थोड़ा रुतबा पता नहीं कहां से घुल गया है। रूबी अली अभी आई है। कुछ सुना तो उसने भी है, फेरबदल के बारे में। वेंकटेश ने उसे बताया जल्दी-जल्दी सब कुछ। मीटिंग होने वाली है जरूरी। सभी को जाना है। पांडे जी ने चाय मंगवाई है, केबिन में। आखिरी चाय। कल से तो...पांडे जी ने शिशिर के केबिन की ओर देखा खाली निगाह से। रूबी अली ने पांडे जी के टेबल पर रखी चाय को नजरंदाज कर दिया है। पांडे जी अपना 'गोमूत्र' और रूबी अली की चाय रख कर इंतजार कर रहे हैं। मीटिंग में जाना है। रूबी अली को भी बता ही दें कि कल से तो ऐसे चाय नहीं पी पाएंगे। पर वह चिंता न करे, उसके लिए वह अतिरिक्त रुक कर केवल उसकी कॉपी देख दिया करेंगे। रूबी अली ने पांडे जी को फीकी मुस्कान से देखा। 'रूबी चाय' वह आवाज लगा रहे हैं। 'पांडे जी एक मिनट।' उसका जवाब आया। 'अरे सर क्या हाल हैं, आज आपकी बॉटम ने तो गजब कर दिया। सुबह आप निकल गए मैं कह ही नहीं पाई। बहुत अच्छी लिखी है सर।' पांडे जी के कानों ने शिशिर के केबिन से आती परिचित आवाज सुनी।

मीटिंग का बुलावा आ गया है। चलते हुए पांडे जी की उड़ती नजर शिशिर के क्यूबिकल पर जम गई। शिशिर की टेबल पर चाय की मलाई वाला खाली कप रखा हुआ है।

मामेरा

'अगर जिज्जी मामेरा नहीं ले सकतीं तो हम भी शादी में नहीं आ सकते। जब मामेरा ही नहीं तो शादी में मामा का क्या काम।' बड़ी मामी ने स्पष्ट शब्दों में छोटी मामी को जता दिया। छोटी मामी जब यह संदेशा लेकर घर पहुंची तो घर में सन्नाटा खिंच गया। मम्मी समझ ही नहीं पाईं कि आखिर हुआ क्या? मामी ने बताया कि सबसे पहले अहमदाबाद धीरज भैया के पास शादी का कार्ड पहुंचा और उन्होंने भोपाल फोन कर बड़ी भाभी जी को बताया है कि कार्ड पर, 'मामेरा के लिए क्षमाप्रार्थना।' लिखा है। बड़े भैया मम्मी से आंखें चुरा रहे थे। मैंने अपनी आंखें लैपटॉप में ऐसे गड़ा ली थीं जैसे किसी द्वीप पर मैं अकेली हूं और लैपटॉप के सिवाय आसपास कुछ है ही नहीं। और छोटा भाई, वह अपने मुंह में शब्द चबाने लगा। पता नहीं किस शब्द की कब जरूरत पड़ जाए। छोटी मामी मम्मी का मुंह तक रही थीं। वह इंतजार कर रही थीं कि मम्मी कुछ बोलें और उन्हें पता चले कि माजरा क्या है। पर माताश्री थीं कि उन्होंने अपना मुंह सिल लिया था। शादी का कार्ड मम्मी के सामने पड़ा था। खुले हुए कार्ड पर सबसे नीचे मोटे अक्षरों में छपा था, 'मामेरा के लिए क्षमाप्रार्थना।' मेरी नजर फिर उस इबारत पर पड़ गई और मेरा दिल मुंह को आ गया। हाथ-पैरों में वैसा ही पसीना छलक आया जैसा गणित की परीक्षा से पहले आ जाया करता था। डर का पसीना। आखिर मामी ने ही चुप्पी तोड़ी।

'भैया यह लिखवाने से पहले हमसे पूछ तो लेना चाहिए था। अब हम इतने पराए हो गए। क्या हम इतने गए गुजरे हैं कि इकलौती ननद की इकलौती बेटी की शादी में भात भी न दे पाएं।'

'नहीं मामी दरअसल बात यह थी कि...' भैया ने अपना मुंह खोला ही था कि मम्मी फट पड़ीं, 'बात यह थी कि तुम चाहते ही नहीं हो कि

तुम्हारी मां शांति से जी सके। अपने ननिहाल में तुम सब लोगों का स्वभाव जानते हो। फिर भी तुमने अपनी मां को दुख पहुंचाने के लिए यह काम किया।' मम्मी की आवाज रुआंसी हो गई तो मेरा मन और खट्टा हो गया। मेरी शादी हो रही है यह उत्साह खत्म होता सा लगा।

'नहीं मम्मी ऐसी बात नहीं हैं। मैंने और भैया ने सोचा कि हम लोग सोसायटी में बदलाव लाएंगे...।' मैंने अपना पक्ष रखना चाहा पर मम्मी ने बीच में ही बात काट दी। 'तुम चुप रहो। महीने भर बाद तुम्हारी शादी है, ज्यादा चपर-चपर मत करो।' 'लेकिन मैं' 'लेकिन क्या, लेकिन क्या? कौन सी सोसायटी की बात कर रही हो तुम? उस सोसायटी कि जिसमें तुम सिर्फ नौकरी करती हो। हमने तुम्हें दिल्ली नौकरी करने भेजा था वहां के तौर-तरीके सीखने नहीं। समझीं।' मैं बिलकुल चुप हो गई। जानती थी अगर एक बार भी बहस के तरीके से बात आगे बढ़ाऊंगी तो भैया बेचारा बेकार में पिस जाएगा। मैं बिलकुल नहीं चाहती थी कि भाभी के सामने भैया चुपचाप सबकी बातें सुनता रहे। मैं कहना चाहती थी मम्मी शादी का मतलब क्या होता है, यही न कि सब साथ मिल-बैठे, नाचें, बढ़िया खाएं, हंसे, खूब किस्से-कहानी सुनाते हुए रात बीत जाए और पता भी न चले। यही तो शादी है न। फिर बीच में यह मामेरा का भूत कहां से आ गया। लेकिन भाभी ने मुझे वहां से उठ जाने का इशारा किया। उनकी बात टालना थोड़ा कठिन होता है लेकिन फिर भी मैंने याचना भरी दृष्टि उन पर डाली जिसका अर्थ था, अच्छा मैं कुछ नहीं बोलूंगी पर यहां से जाने को मत कहो। भाभी बेचारी दो साल पहले ही आईं हैं ऊपर से ठेठ नार्मदीय नहीं हैं। उन्हें हमारे परिवार के आधे से ज्यादा 'झमेले' पता ही नहीं हैं। वह बस चुपचाप सुनती रहीं। मम्मी रो रहीं थीं कि उनके बड़े भाई-भाभी इसी बात पर नाराज हो कर शादी में नहीं आएंगे। मम्मी के तीन भाइयों में से एक रहे नहीं दूसरे भाई नाराज हो कर न आएं तो उन पर क्या बीत रही होगी यह हम सब समझ रहे थे। लेकिन बस यही नहीं समझ पा रहे थे कि मामा जी मामेरा को अपने अहं से जोड़ कर क्यों देख रहे हैं। इस नई शुरुआत में साथ देने के बजाय वह नाराजगी दिखा कर दूसरों तक यही संदेश दे रहे हैं कि कहीं कुछ गड़बड़ है। छोटे मामा मम्मी को समझा रहे थे, 'मैं कह रहा हूं भैया इतने पत्थर दिल नहीं हैं। वह बिन्नी की शादी में जरूर आएंगे। कितना प्यार करते हैं बिन्नी को। और जिज्जी तुमसे कम प्रेम है क्या उनको? सोचो तुम्हारी इकलौती लड़की ब्याही जाए और वह न आएं

ऐसा हो ही नहीं सकता।' उनकी बात सुन कर मैंने मन में सिर्फ 'भगवान ऐसा ही कहा।' लेकिन हम जानते थे यह इतना आसान भी नहीं होगा।

मैं जितना सोच रही थी कि बात खत्म हो जाए बात थी कि उतनी ही बढ़ती जा रही थी। आखिर मुझसे रहा ही नहीं गया तो मैं भी बोल ही पड़ी, 'दोनों मामा रिटायर हैं क्या उन पर इतना बोझ डालना ठीक...' मैं अपनी बात पूरी भी नहीं कर पाई थी कि मंझले भैया ने डपट दिया, 'मम्मी ने कहा है न कि चुप बैठो। तुम्हें समाज सुधारक बनने की जरूरत नहीं हैं समझीं। तुम्हारी इन बेवकूफियों से बदलाव आएगा कि नहीं यह नहीं पता लेकिन मम्मी-पापा के खाते में खूब सारी गालियां जरूर आएंगी।' मैं तो भूल ही गई थी कि मंझले भैया भी हैं। रीति-रिवाजों के बड़े पैरोकार और मम्मी की तरह सोचने वाले। मैं, बड़े भैया और छोटे ने सोचा था हम समाज में थोड़ा बदलाव लाएंगे। मामरा या दूसरे भी कोई लेन-देन के कार्यक्रमों को हम नहीं करेंगे ताकि आगे चल कर यही प्रथा बन जाए और किसी पर भी बोझ न पड़े। और तो और एक तो करेला ऊपर से नीम चढ़ा वाली कहावत मेरे साथ हूबहू चरितार्थ हो गई। मैं तो थी ही थोड़ी क्रांतिकारी विचारधारा वाली। होने वाले पति उपेंद्र सोच में मुझसे ज्यादा निकले। अरेंज मैरिज में जितनी बातें हो सकती हैं हम दोनों ने कीं और उन्होंने बड़े गर्व से बताया कि वह अपने मामाओं से मामेरा नहीं ले रहे। और तो और उन्होंने मेरे घरवालों से नेग के रूप में दिए जाने वाले कपड़े तक नहीं लिए। दहेज का तो सवाल ही पैदा नहीं होता। तब मेरी मन में दबी इच्छा ने जोर मारा और मैंने अपने मन की बात भैया के सामने रखी। मम्मी तो कहती ही हैं कि मैं, भैया और छोटा हम तीनों की तिकड़ी है। तो हमारी तिकड़ी ने तय किया और उस का नतीजा, 'मामेरा के लिए क्षमाप्रार्थना' वाला कार्ड था। 'यह सब कार्ड फेंको। नए छपवाओ और उनको भेजो समझे।' यह पापा की आवाज थी। आशा के विपरीत। पापा कम ही बोलते हैं। 'लेकिन पापा बहुत सारे कार्ड हमने डिस्पैच कर दिए।' छोटा पता नहीं कब आ कर स्टूल पर बिलकुल कोने में सिमटा बैठा था। उसकी आवाज इतनी धीमी आई जैसे किसी महीनों भूखे-प्यासे व्यक्ति की होती है। मम्मी फिर फट पड़ीं। मामला इतना गरम हो गया कि मुझे लगा आज ही दिल्ली की ट्रेन में बैठ जाऊं तो ही ठीक रहेगा। 'तुम तीनों बड़े शहरों में क्या चले गए हो, खुद को मीर समझने लगे हो।' पापा ने बस इतना कहा और फिर

अखबार पलटने लगे। भैया, मैं और छोटा भाई सिर झुकाए कभी पापा, कभी मम्मी और कभी छोटे मामा के तर्क और दुहाई सुनते रहे। हम तीनों ने आंखों के ईशारे से तय कर लिया था कि चुप रहना है। जितनी बहस करेंगे, उतना ही बातों से और पिटेंगे। अब जो होना था सो हो चुका। भैया की शादी में भी हम मामेरा लेना नहीं चाहते थे। पर मम्मी को राजी नहीं कर पाए थे। इसलिए इस बार उनसे बिना पूछे यह निर्णय ले लिया था। हां यह गलती हमसे जरूर हो गई कि हम तीनों ने इस बारे में मामा लोगों से बात नहीं की। पर हमें लगा था मम्मी का इतना बड़ा परिवार है इतने सारे ममेरे, फुफेरे, चचेरे भाई हैं कि हम किस-किस को यह बात समझाएंगे। सो हमने तय किया कि शादी की पत्रिका में ही छपवा देते हैं ताकि सभी को पता चल जाए। जब हमने यह निर्णय लिया था तब हम तीनों ने अंदाजा भी नहीं लगाया था कि बात इतनी बिगड़ जाएगी। भैया की शादी में किसी ने पूछा भी नहीं था कि मामेरा का क्या होगा? मामेरा बस एक रस्मअदायगी भर थी। लेकिन अचानक मेरी शादी में मामेरा को ले कर ऐसी क्रांति आ जाएगी हमने सोचा नहीं था। अभी मेरी शादी में लगभग महीना बाकी था। मैं शॉपिंग कर दिल्ली आ गई थी। लेकिन जब भी मम्मी का इंदौर से फोन आता सांस अटक जाती थी, पता नहीं इस बार क्या सुनने को मिले। शादी का कार्ड जहां-जहां गया कहीं से भी उत्साहजनक प्रतिक्रिया नहीं रही। मैं भैया को रोज शाम फोन करती। हम दोनों को आशंका थी पता नहीं शादी में कोई आएगा भी या नहीं। 'अगर ऐसा हुआ तो?' मैं भैया से कहती और यह वाक्य पूछते वक्त ही मेरा दिल कांप जाता। 'बेटा नेतागिरी करना इतना आसान नहीं है। परिवर्तन ऐसे आसानी से नहीं होते। अगर इतिहास में नाम दर्ज कराना है तो सबसे पहले डरना छोड़ना होगा।' भैया मजाक में कह देते लेकिन उनकी आवाज गवाह थी कि वह नहीं चाहते थे की उनकी इकलौती लाडली बहन की शादी में कोई बखेड़ा हो। मैं समझ ही नहीं पा रही थी कि मेरे मामा-मामियां इसे अपने अहं पर लेकर इसे अपनी बेइज्जती क्यों मान रहे हैं। वह इस नई सोच का बांह फैला कर स्वागत क्यों नहीं कर रहे।

मम्मी जब फोन करतीं यह बताना नहीं भूलती थीं कि खंडवा वाले मामाजी ने कहा है कि 'बिन्नी से फिर कभी मिल लेंगे, आखिर उसे मामेरा नहीं चाहिए तो मामा आ कर क्या करेगा?' 'टिमरनी वाले मामा-मामी आएंगे जरूर पर उनका कहना है कि यह तो कोई अच्छी बात नहीं

है।' 'हरदा वाली मौसी कह रही थीं कि बिन्नी तो बहुत बड़ी हो गई है भई। आजकल बड़े फैसले लेती है। खुद कमाती है तो भला मामा-मौसियों से ले कर क्या करेगी।' मुझे यह सब चुभता था पर मैंने तय किया था कि चुप ही रहूंगी। 'कोरबा वाले मामा जी को यह बात ही नहीं जमती कि सामाजिक बदलाव के नाम पर रीति-रिवाज बंद कर दिए जाएं।' जितने लोग थे उतनी ही सलाह। मैं समझ ही नहीं पा रही थी कि प्यार दिखाने का क्या एक ही तरीका है कि आप मंडप में एक जोड़ी कपड़ा दे दो। बस। और यदि यही न दिया जाए तो सब खत्म। सारे रिश्ते, सारे नाते, वह सारे पल जो कभी हंसी-खुशी बिताए गए थे। सवाल मेरे मन में ढेर से पर उत्तर मैं जानती थी किसी के पास नहीं था। हमारे समाज में अक्सर रिश्ते शादी-ब्याह के मौकों पर ही बिगड़ते हैं। हम कहते बहुत गर्व से हैं, हमारे भाई, हमारी बहन। लेकिन जब सच में यह साबित करने का मौका आता है, भाई-बहन, करीबी रिश्तेदार ही सबसे ज्यादा परायों सा व्यवहार करते हैं। किसी को कोई रस्म पर बुरा लग जाता है, किसी को मान-सम्मान में कमी दिखने लगती है तो किसी को लेन-देन की कमियां ही अखर जाती हैं। शादी वाले घर में जब सबसे खूबसूरत पल करवटें ले रहा होता है, बिलकुल तभी अहम रिश्ते वहीं बेटी की डोली या बहू के पहले कदम के नीचे दम तोड़ देते हैं। 'हमने क्या दिया और बदले में हमें क्या मिला' की भावनाएं हमेशा शादी की खुशी को कड़वाहट में बदल देती है। बस यही सोच कर हमने सोचा था कि सब मिले और किसे से कुछ लिया जाए न दिया जाए। मैं जब अपने छोटे भाई को यह सब लेक्चर पिलाती तो वह 'बिन्नी देवी की जय' कह कर टाल जाता था।

हम अभी इस 'मामेरा क्राइसिस' से बाहर भी नहीं निकले थे कि पापा बीमार हो गए। जबर्दस्त ठंड पड़ रही थी। पापा को सर्दी से एलर्जी हो गई और खांस-खांस कर उनका बुरा हाल था। मुसीबतें अकेले नहीं आतीं सो मंझले भैया बुखार से पड़ गए। हम तीनों तो वैसे ही परदेसी पंछी हैं। शादी में तीनों को ही छुट्टियां चाहिए थी सो बीच में आना भी मुश्किल था। मम्मी और भाभी अकेले ही जितना काम कर पा रहे थे कर रहे थे। परिवार में शादी के कार्ड देने पापा जाने वाले थे। लेकिन डॉक्टर की सख्त हिदायत के बाद तय किया गया सभी को फोन कर दिए जाएं और शादी के कार्ड कुरियर से भेजे जाएं। तमाम परेशानियों के बाद शादी के मात्र तीन दिन पहले मैं घर पहुंच ही गई। जा कर पता चला

भैया शादी वाले दिन ही आ पाएंगे। बॉस ने जरूरी मीटिंग रख दी है और वह छोड़ नहीं सकते। छोटा दौड़-दौड़ कर अकेला काम खत्म करने में लगा था। लड़कियों की शादी कितना बड़ा काम है यह मैं देख रही थी। मन करता था उसकी मदद के लिए स्कूटी ले कर खुद ही कहीं दौड़ जाऊं। पर 'तुम दुल्हन हो' का वाक्य रोक लेता था। शादी से एक दिन पहले पता चला मामा जी नहीं आ रहे। क्योंकि उन्हें शादी का कार्ड नहीं मिला। मम्मी ने फोन किया कि हो सकता है शादी का कार्ड यहां-वहां हो गया हो पर फोन पर तो आपको आमंत्रण दे ही रहे हैं सो आ आ जाइए। लेकिन मामा ने कह दिया सो कह दिया। मम्मी इस बार बड़बड़ा नहीं रहीं थी क्योंकि मुझे दो दिन बाद विदा ही हो जाना है। लेकिन दुखी थीं। मैंने अपना मोबाइल फोन उठाया और चुपचाप छत पर चली गई। मैंने उपेन्द्र को फोन किया। वह चहक कर बोले, 'क्या हुआ दो दिन भी इंतजार नहीं हो रहा क्या?' मैंने उनसे बहुत रोती आवाज में कहा, 'एक काम कर देंगे?' वह घबरा गए। मैंने उन्हें कहा मामा आपके ही शहर में रहते हैं। कल तो आप बारात ले कर निकल ही जाएंगे। क्या एक कार्ड आप मामाजी के यहां पहुंचा सकते हैं। वह राजी हो गए लेकिन कार्ड इतनी जल्दी इंदौर से भोपाल तक पहुंचे कैसे? कुरियर भी किया जाएगा तो कल शाम तो हो ही जाएगी। उन्होंने ही उपाय सुझाया, 'घर वाला कार्ड तो मैं रखना चाहता हूं। आखिर हमारी शादी का कार्ड है, लेकिन मैं दीदी के यहां जो तुम लोगों ने निमंत्रण पत्र भेजा है उसे मंगवा लेता हूं। और उसी को भिजवा दूंगा।' मुझे विचार ठीक लगा लेकिन लिफाफे पर तो जीजाजी का नाम होगा उसका क्या हो। 'कागज की चिप्पी चिपका देंगे।' मुझे खराब तो लग रहा था लेकिन इसके सिवाय उपाय क्या था। कार्ड वहां तक पहुंच जाएगा मुझे तो इसकी तसल्ली थी। 'प्लीज किसी को बताना मत हम ऐसा कर रहे हैं।' उपेन्द्र ने अपने सबसे खास दोस्त को दीदी के यहां भेजा, पता नहीं क्या झूठ सच बोल कर वहां से कार्ड आया और भैया ही उसे मामाजी के यहां देने गए। वहां ताला लगा देख कर भैया कार्ड गेट से ही डाल कर चले आए। मुझे पूरी उम्मीद थी मामाजी मंडप वाले दिन भले ही न आएं लेकिन लगिन के वक्त मामा-मामी दोनों मुझे आशीर्वाद देने जरूर आएंगे। भले ही वे हम लोगों से कितना भी गुस्सा हों मुझे दोनों बहुत चाहते हैं।

सुबह शुक्र का तारा आसमान में चमकने लगा। मैंने अपने आंसुओं और गठजोड़े को संभाला और लंबे हाथ से ज्वार के दाने बिखेर दिए

इस आशय से कि मेरे माता–पिता का घर हमेशा धन–धान्य से ऐसे ही परिपूर्ण रखना। मम्मी उस वक्त भूल गईं कि कौन वहां था कौन नहीं। उन्हें बस इतना याद रहा कि बेटी परायी हो गई। कसक अब भी है। शादी का एलबम देखते वक्त जब एक जोड़ी आशीर्वाद मुझे कम लगता है।

यादों से भरा खाली मन

सब कुछ सुस्त था। सुबह भी। सूरज बादलों का लिहाफ ओढ़े सोया था। एक ऊंघती हुई 534 नंबर की बस आई और वह उसमें सवार हो गया। उसने जोर से धक्का दे कर बस की खिड़की का शीशा बंद किया और अपने हाथ सिकोड़ कर बगल में छुपा दिए। 'ठंड आ गई।' वह मन ही मन बुदबुदाया। दिल्ली की धुंध वाली सर्द सुबह में उसने आंखें बंद की और अम्मा-बाबूजी का चेहरा याद करने लगा। दोनों की शक्लें उसे बाहर के मौसम की तरह धुंध में कहीं खोई-खोई सी लग रही थीं। कितने साल हो गए होंगे उन्हें देखे? हिसाब लगाने के लिए उसने अपनी आदत के अनुसार हथेली फैला कर एक-एक उंगली मोड़नी शुरू की। उसे लगा सुलेखा बगल में बैठी फक्क से हंस दी है। 'कैसे बच्चों जैसे गिनते हो, पूरी उंगलियों को फैला कर। ऐसे नहीं गिन सकते,' और वह अपने अंगूठे को ऊंगलियों के पोरों पर धीमे-धीमे छुआती गिनती करने लगी। 'एक-दो-तीन-चार-पांच-छह...। छह साल! बाप रे। छह साल हुए तुमने अपने मां-पापा को नहीं देखा। कैसे दुष्ट हो तुम।' नहीं तो वह कहना चाहता है लेकिन...। उसे दो शब्दों से सख्त एतराज रहा करता था, काश और लेकिन। यह विडंबना ही है कि उसका जीवन अब दो शब्दों के बीच सिमट कर रह गया है, काश और लेकिन। 'तुम घर क्यों नहीं जाते?' बहुत अंतरंग किसी क्षण में सुलेखा ने उससे पूछा था। वह कोई जवाब नहीं दे पाया था। यदि उसके पास इसका कोई जवाब होता तो वह कब का घर जाने वाली ट्रेन में बैठ गया होता। घर। ऐसा घर जिसमे उसके लिए पहले जगह कम फिर खत्म होती चली गई थी। पुरानी बातें सोच कर उसका मन कहीं-कहीं गीला हो आता था। इतना गीला कि अगर वह लड़की होता तो पक्के तौर पर रो लेता।

बीस मिनट के इंतजार के बाद इंजन धीरे-धीरे रेंगता प्लेटफार्म की

ओर बढ़ रहा था। वह बुत बना खड़ा रहा। ट्रेन रुकी और लोग डब्बों की तरफ दौड़ पड़े। वह अम्मा-बाबूजी को पहचानना जितना कठिन समझ रहा था उसे वह काम उतना कठिन नहीं लगा। बाबूजी के बाल पूरे सफेद हो गए हैं और नीचे के दो दांत टूट गए हैं। अम्मा तो बिलकुल वैसी ही है। खालीपन लिए हुए भूरी आंखों वालीं। गोल चेहरा, जिस कभी अधिकार का भाव जाग ही न सका। दमकता गोरा रंग और निस्तेज व्यक्तित्व। उनके मुकाबले सुलेखा कितनी अलग है। जो करना है वही करना है, जो पसंद नहीं उसे वह बिलकुल नहीं ढोएगी। चाहे फिर वह ही क्यों न हो। अचानक उसे याद आया कि मिलने पर तो पैर छुए जाते हैं। वह हल्के से झुका तो बाबूजी ने उसकी दोनों बाहें थाम लीं। बस। उसने मन में कहा। उसे लगा था बाबूजी उसे भी वैसे ही गले लगा लेंगे जैसे भैया को लगा लेते हैं जब वह पैर पड़ने झुकते हैं। बिना किसी औपचारिक वाक्य के बाबूजी का सीधा-सपाट वाक्य आया, 'घर कितनी दूर है?'

'कुछ खास दूर नहीं है।'

'बस जाती है वहां तक या फिर कैसे चलेंगे?'

'नहीं ऑटो ले लेंगे।'

'ऑटो महंगा नहीं पड़ेगा।'

'नहीं कुछ खास नहीं।'

'मैंने इसलिए पूछा कि दिल्ली, मुंबई में ऑटो के किराए बहुत होते हैं। पिछली दफा जब अनुज के पास मुंबई गए थे तो उसने बताया था। खैर वह तो हमें अपनी कार में लेने आ गया था।' उसने महसूस किया बाबूजी ने अनुज और कार को थोड़े गर्व में कहा और मां ने उस पर सिर्फ एक गहरी नजर डाल दी है। उसने चेहरा फेर लिया और ऑटो वाले को आवाज दे दी।

बर्फीली रात में उसने धीमे से दरवाजा खोला और पीछे के बरांडे में आ गया। जाली से घिरे बरांडे के एक कोने में पुराने अखबार बेतरतीब से मीनार सी बनाए हुए थे। रंग उड़ी नायलोन की रस्सी पर बाबूजी की चौखाने की लुंगी और पीली पड़ गई बनियान और मां की साड़ी सूख रही थी। उसने हौले से साड़ी को छुआ। कपड़ा कितना हल्का है। उसने फौरन साड़ी का किनारा छोड़ दिया। मां इतनी सस्ती साड़ियां पहनने लगी हैं। कब से? भैया कार में लेने आ सकता है तो क्या मां-बाबूजी को ढंग के चार कपड़े नहीं दिला सकता। बचपन का आक्रोश ने फिर

लिया। हल्के खुले दरवाजे से बाहर की रोशनी अंदर झांक रही ...। बाबूजी तखत पर चित गहरी नींद में थे। अपनी चिरपरिचित मुद्रा में। उनके दोनों हाथ उनके सीने पर रखे हुए थे। पैरों के हल्की सी दूरी थी। उनकी छाती के ऊपर-नीचे होने से ही कोई जान सकता था कि वह जिंदा हैं। वरना जीवन जैसा उनके पास कुछ बचा नहीं था। उनके खुले मुंह से नीचे के टूटे दांत झांक रहे थे। नीचे गद्दे पर मां सोई थीं, गुड़ीमुड़ी उसकी मटमैली चादर को खुद पर लपेटे। उसने जेब से सिगरेट की डिब्बी निकाल कर एक सिगरेट मुंह में रखी ही थी कि मां कुनमुनाई। उसने घबरा कर सिगरेट को फुर्ती से जेब में रखा और दरवाजे को बंद करने के लिए हाथ बढ़ा दिया।

'वह किस वजह से यह घर छोड़ कर चली गई?' तीन दिन बाद स्पष्ट रूप से पूछा जाने वाला मां का यह पहला वाक्य था। मां की आवाज में अधिकार था। उनकी आवाज की तेजी सुनकर ही वह समझ गया पिताजी निश्चित रूप से बाहर गए हैं। पहले उसका मन किया सब सच-सच कह दे। फिर उसने गला साफ किया और बस इतना ही कह सका, 'हमारा स्वभाव नहीं मिलता था।' 'स्वभाव? स्वभाव क्या होता है रे रूनू? मेरा और तेरे पिताजी का स्वभाव मिलता है क्या, तेरे भैया और भाभी क्या एक जैसे हैं? तेरी बहन क्या तेरे जीजा सी लगती है तुझे? स्वभाव नहीं मिलता। वाह। क्या कारण ढूंढ़ा रे रूनू अलग होने का। रिश्ते निभाना तो सीखना पड़ता है। पर तुझे रिश्तों की परवाह रही ही कब?' उसका मन किया पलट कर तीखा सा जवाब दे कि वह रिश्ते ही निभाता रह गया। जो चीज उसे मिली नहीं वही चीज उसने सुलेखा को देने की कोशिश की। भरपूर कोशिश। वह प्यार से इतना खाली था कि उसने सोचा सिर्फ प्यार करने भर से रिश्ते चल जाते हैं। सिर्फ प्यार करने भर से कोई हमेशा के लिए किसी का हो कर रह सकता है। लेकिन... ऐसा नहीं हुआ। काश...उसने इसके अलावा भी सोचा होता। काश। 'भैया ठीक हैं?' उसने बात का रुख पलटना चाहा। 'हां सब अपनी जगह ठीक हैं। मुझे तो तुम्हारी फिक्र सताती है। यूं अकेले जीवन नहीं कटता। अब क्या करोगे कुछ सोचा है? दूसरी शादी?' उसने महसूस किया शादी शब्द तक आते-आते मां की आवाज का स्वर बिलकुल धीमा हो गया था। वैसा धीमा जैसे बाबूजी से बात करते वक्त हो जाया करता है। वह कहना चाहता था अकेलापन तो उसकी नियति है। इतने सालों से भी तो अकेला था। सुलेखा तो मात्र डेढ़ साल रही उसके

जीवन में। 'वह कहती क्या थी? क्या पसंद नहीं था उसको तेरे स्वभाव में?' फिर आरोप उसने अपने मन में सोचा। मां इस सवाल को ऐसे भी पूछ सकती थी, 'क्या दिक्कत थी तुम दोनों के स्वभाव में।' लेकिन उन्होंने मान लिया कि उसके स्वभाव में ही दिक्कत रही होगी। आहट बता रही थी, बाबूजी सीढ़ियां चढ़ रहे हैं। उसने मां की तरफ देखा और निगाहों में पूछा, 'इस बात का जवाब अभी चाहिए।' मां धीमे से उठीं और वचन निभाने में पक्के, रिश्ते निभाने में कच्चे श्रीराम की कथा में खो गईं। यही तो वह हमेशा से करतीं आईं हैं। परिस्थितियों से भागना और रामचरितमानस की ओट में दुबक जाना। उसका अंदाजा सही निकला। दरवाजे पर बाबूजी खड़े थे।

'सतीश भी तो दिल्ली रहता है न?' बाबूजी का प्रश्न तीर की तरह घुसा उसके दिल में। सतीश का नाम कितने दिनों बाद सुन रहा है।

'हं...हां।'

'बुलाओ उसे किसी दिन घर पर। शादी-वादी कि या नहीं उसने?'

'हां'

'मर्जी से की या...' बाबजी ने जानबूझ कर शायद वाक्य अधूरा छोड़ दिया। किसी को शर्मिंदा करने के लिए क्या जरूरी है कि पूरी बातें बोली ही जाएं। कई बार अधूरी चीजें, पूरी चीजों के मुकाबले ज्यादा स्पष्ट संकेत देती हैं। घर की कई अधूरी चीजें उसे भी तो संकेत दे रही थीं कि कुछ तो है जो उसे अधूरा छोड़ अपनी पूर्णता की ओर बढ़ रहा है। सुलेखा की अधूरी इच्छाएं, उसके अधूरे सपने। उसे लगता था वह सुलेखा के सूने गले को अपनी बाहों के हार से भर देगा, सुलेखा के जागने से पहले बढ़िया खाना बनाएगा और बाहर खाना खाने की जरूरत खत्म हो जाएगी। मकान नहीं खरीद पा रहा तो क्या वह सुलेखा को घर देगा। घर। जहां छह साल से वह नहीं गया। वह अपना खुद का घर बनाएगा। लेकिन...। काश...उसने कुछ और भी सोचा होता। काश...उसने सोचा होता जो आपको नहीं मिलता वह कोई कैसे बांट सकता है।

'जब तुम अलग हुए तब समझाया नहीं उसने तुम्हें। बड़ा समझदार लड़का है वह। तुम्हें कुछ सीखना चाहिए उससे।' उसका मन किया बाबूजी को बताए कि सच में वह बहुत समझदार है। वह जल्द ही समझ गया कि लड़कियों के दिल कैसे जीते जाते हैं। फिर चाहे वह दोस्त की पत्नी ही क्यों न हो। समझाया भी था उसने कि यदि वह आसानी से न समझा और तलाक के कागज पर साइन नहीं किए तो वह फिर उसे

ठीक से 'समझाएगा।' सीखना तो उसे सच में चाहिए।

हल्की में खड़े मां–बाबूजी सुनहरे रंग के दिख रहे थे। प्लेटफार्म में आज उतनी भीड़ नहीं थी। उसने बाबूजी के हाथ में लौटने का टिकट थमाया। वह जानता था उन दोनों को दोबारा देखने के लिए अब उसे ही उनके पास जाना होगा। घर उसने छोड़ा था इसलिए उसे ही एक बार आना पड़गा कि जिद पता नहीं कितने साल चलती यदि नींद की गोलियां खा कर वह अस्पताल न पहुंच गया होता। लेकिन उसके पास कोई चारा नहीं था। काश...उसने अपनी निराशा पर काबू पाना सीख लिया होता। उसने झुक कर बाबूजी के पैरक्र छुए। उन्होंने उसके कंधे थपथपाए और गाड़ी में चढ़ गए। उसका सीना बाबूजी के सीने से टकराने का इंतजार ही करता रह गया। इंतजार ने उसके सीने में बहुत बड़ा गड्डा कर दिया। इतना बड़ा कि पूरी ट्रेन उसमें समा गई। ट्रेन में बैठे मां–बाबूजी भी।

●●●